ECCE HOMO

Coleção Clássicos Globo

Coordenação: Manuel da Costa Pinto

Títulos publicados:
MEMÓRIAS DE UM SARGENTO DE MILÍCIAS,
de Manuel Antônio de Almeida
MACÁRIO/NOITE NA TAVERNA, de Álvares de Azevedo
AS AVENTURAS DO SR. PICKWICK, de Charles Dickens
O BRACELETE DE GRANADAS, de Aleksandr Ivánovitch Kuprin
PEQUENAS TRAGÉDIAS, de Aleksander Sergheievitch Púchkin
A CAPITAL!, de Eça de Queirós
INFORTÚNIOS TRÁGICOS DA CONSTANTE FLORINDA,
de Gaspar Pires de Rebelo
A CARTUXA DE PARMA, de Stendhal
O SILVANO, de Anton Tchékhov
CONTOS E NOVELAS, de Voltaire

A coleção Clássicos Globo traz obras célebres da literatura universal e da língua portuguesa, retomando e ampliando um dos projetos editoriais mais marcantes da história recente do Brasil: o acervo de traduções constituído nos anos 1930 e 1940 pela editora Globo de Porto Alegre, que tinha, entre seus colaboradores, intelectuais como Erico Verissimo e Mario Quintana, e ficou conhecida como "Globo da rua da Praia".

Os títulos da coleção Clássicos Globo foram escolhidos a partir desse catálogo. Além das traduções (revistas e atualizadas) de livros pertencentes ao cânone da literatura ocidental, a coleção compreende também novas obras, em edições críticas e versões feitas por tradutores contemporâneos que dão continuidade a esse legado editorial.

Eusébio de Matos

Ecce Homo

edição e notas:
José Américo Miranda
Valéria Maria Pena Ferreira

posfácio:
Adma Muhana

Editora Globo

Copyright © 2007 by Editora Globo

Todos os direitos reservados. Nenhuma parte desta edição pode ser utilizada ou reproduzida — em qualquer meio ou forma, seja mecânico ou eletrônico, fotocópia, gravação etc. — nem apropriada ou estocada em sistema de bancos de dados, sem a expressa autorização da editora.

Revisão: Eugênio Vinci de Moraes, Ana Maria Barbosa
e José Ricardo Kobayaski
Cronologia: José Américo Miranda e Valéria Maria Pena Ferreira
Revisão e tradução das citações em latim: Raimundo Carvalho
Capa: Isabel Carballo, sobre *Ecce Homo* (1543), de Ticiano Vecellio
(1490 – ca. 1576), óleo sobre tela, 242 x 361 cm,
Kunsthistorisches Museum Vienna, Viena

CIP-BRASIL. CATALOGAÇÃO-NA-FONTE
SINDICATO NACIONAL DOS EDITORES DE LIVROS, RJ

M381e

Matos, Eusébio de, 1629-1692
    Ecce Homo / Eusébio de Matos ; [edição e notas de José Américo Miranda, Valéria Maria Pena Ferreira ; posfácio Adma Muhana]. – São Paulo : Globo, 2007. (Clássicos Globo)

    Inclui bibliografia
    ISBN 978-85-250-4313-9

    1. Matos, Eusébio de, 1629-1692. Sermões. 2. Sermões em português – Brasil. 3. Literatura barroca. I. Miranda, José Américo. II. Ferreira, Valéria Maria Pena. III. Título. IV. Série.

07-1052
    CDD: 869.95
    CDU: 821.134.3(81)-5

Direitos de edição em língua portuguesa
adquiridos por Editora Globo S.A.
Av. Jaguaré, 1485 — 05346-902 — São Paulo, SP
www.globolivros.com.br

Sumário

Nota introdutória 9
Dedicatória 15
Prática I – Dos Espinhos 17
Prática II – Da Púrpura 29
Prática III – Das Cordas 41
Prática IV – Da Cana 53
Prática V – Das Chagas 65
Prática VI – E Última do Título de Homem 77
Posfácio 91
Cronologia 105
Notas 107
Bibliografia 115

NOTA INTRODUTÓRIA

O OBJETIVO DESTA edição, que tomou por base a de 1923, publicada na Estante Clássica da *Revista de Língua Portuguesa*, é aproximar um clássico de nossa língua e de nossa literatura dos leitores atuais. Para esse fim, procedemos à atualização ortográfica do texto, conforme a Reforma de 1943 e as alterações determinadas pela Lei nº 5.765, de 1971. Procurou-se, entretanto, não desfigurar totalmente a língua do texto – razão pela qual foram conservadas algumas formas lingüísticas hoje em desuso, ao passo que outras foram atualizadas. Os principais pontos que sofreram intervenção estão relacionados a seguir.

1. A pontuação, no texto-fonte, é muito distinta da atualmente em uso – o que nos levou a alterá-la. Com isso, procuramos reduzir em parte as possíveis dificuldades que a leitura do texto possa apresentar para um leitor menos acostumado à literatura do período clássico. Conservamos, entretanto, tudo o que nos pareceu ter valor expressivo.

2. As iniciais maiúsculas aparecem, no texto-fonte, de maneira muito irregular. Algumas palavras e/ou expressões aparecem, com o mesmo sentido, ora com iniciais maiúsculas, ora com iniciais minúsculas. Na Prática IV – Da Cana, por exemplo, a palavra "Cana", uma das insígnias do *Ecce Homo*, vem sempre grafada com inicial maiúscula; na Prática III – Das Cordas, a palavra "cordas", outra insígnia, vem sempre grafada com inicial minúscula. Nos outros sermões, essas mesmas duas palavras vêm grafadas ora com inicial maiúscula, ora com minúscula. Há inúmeros outros exemplos semelhantes. Nossa escolha foi a de simplificar o uso das iniciais maiúsculas, baixando-as para minúsculas tanto quanto possível. Nesta edição, foram grafados com iniciais maiúsculas os nomes próprios e algumas expressões de sentido teológico, como Eterno Padre, Juízo (na expressão "dia do Juízo", que alterna, no texto-fonte, com "dia do juízo"), Redentor, Encarnação, Escritura, Verbo (na expressão "Verbo divino encarnado"), Paixão (na expressão "Paixão de Cristo"), Homem (na expressão "título de Homem" – dado a Cristo por Pilatos) etc.

3. As vogais cuja nasalização é indicada pelo fato de virem elas seguidas de "m" ou "n" vêm grafadas de dois modos: ou conforme ao modo atual ou por meio do til sobre a vogal. Os vocábulos hũ (um), que alterna com hum; hũa (uma); algũa (alguma); nenhũa (nenhuma) foram todos grafados, nesta edição, nas formas aqui apresentadas entre parênteses.

4. No texto-fonte há alternância de "assi" com "assim"; "mui" com "muito"; "pera" com "para"; "sim" com "si". Foram mantidas as oscilações, já que todas essas formas ainda podem ser encontradas em dicionários.

5. No texto-fonte as consoantes ramistas ("j" e "v") são empregadas de mistura às vogais correspondentes ("i" e "u"). Nesta edição empregamos as consoantes ramistas conforme ao uso atual.
6. Foram atualizadas todas as grafias das palavras em que o uso atual é distinto do uso do tempo em que o texto foi escrito, no que diz respeito às vogais "o", "u", "e" e "i" pretônicas; do mesmo modo foram atualizados todos os ditongos, como, por exemplo, os que ocorrem nas palavras "cadeas/cadeias", "librea/libréia", "loco/louco" etc.
7. Algumas palavras encontram-se, ainda, no texto-fonte, grafadas de um modo que, a ser mantido, implicaria pronúncia diferente da atual. Eis as principais: "Abraham" ("Abraão"); "amieçando" (forma do verbo "ameaçar", que o autor também utiliza na forma atualmente em uso); "calificar" ("qualificar"); "ex" (grafia antiga do vocábulo "eis", que concorre com a atual "eis"); "monstruos" ("monstros"); "Sam Ioam" ("São João"); "senam" ("senão"); "tam" ("tão"). Em todos esses casos as palavras foram grafadas, nesta edição, conforme ao uso atual.
8. O nome próprio "Izac" poderia ser grafado, atualmente, como "Isac" ou "Isaac". Adotamos esta última forma, por ser entre nós a mais comum.
9. A conjunção "e", em todas as suas ocorrências, é grafada, no texto-fonte, "&", inclusive nas citações latinas. Nos trechos em português, grafamos "e", e nos trechos em latim, "*et*". A abreviação "etc.", que grafamos assim, vem grafada "&c."
10. O sinal de crase, embora ocorra no texto-fonte, não se conforma ao uso atual. Utilizamos o sinal à moderna, inclusive quando a preposição "a" vem separada do pronome demonstrativo que a segue, como em "a aquela".

11. No texto-fonte aparecem: "se não" alternado com "senão" (de acordo com a interpretação, a grafia foi conformada ao sentido); "por ventura" (com valor hipotético, foi atualizado para "porventura"); "em quanto" (com valor conformativo ou temporal, foi atualizado para "enquanto"); "já mais" (no sentido de "algum dia, alguma vez", foi atualizado para "jamais"); "a pezar" (no sentido de "não obstante", foi atualizado para "apesar"); "com tudo" (com valor adversativo ou concessivo, foi atualizado para "contudo"); "em fim" (com o sentido de "finalmente", "por fim", foi atualizado para "enfim"); "com nosco" (foi atualizado para "conosco"). Do mesmo modo, as grafias de "porque", "por que" e "por quê" foram atualizadas.

12. As formas verbais do pretérito terminadas em ditongos nasais, "am" (ex.: "estiveram"), foram atualizadas com base na interpretação, pois vinham grafadas com a terminação "ão" (ex.: "estiverão"). As formas interpretadas como formas do futuro do presente, que ainda se grafam com a terminação "ão", foram mantidas como estavam. A forma verbal "hemos", hoje em desuso, que alterna no texto-fonte com "havemos", foi conservada. As formas verbais do pretérito mais-que-perfeito foram distinguidas das do futuro do presente também com base na interpretação. O mesmo procedimento foi adotado com as formas "pode/pôde".

13. Gralhas evidentes foram corrigidas. Em alguns casos, por serem polêmicas ou duvidosas, foram anotadas em rodapé.

14. Consoante ao espírito da edição, algumas notas, destinadas a facilitar a compreensão do texto, foram introduzidas. Grande parte das notas tem por fonte as Anotações de J. J. Nunes,

publicadas na edição de 1923. Esse autor é o único comentarista conhecido destes sermões.

15. A paragrafação do texto foi mantida.
16. As raras abreviações hoje em desuso que aparecem no texto-fonte (ex.: q = que, porq = porque) foram estendidas. Entretanto, no caso de nomes de santos, que às vezes vêm abreviados (ex.: "S. João") ou por extenso ("São João"), as formas presentes no texto-fonte foram conservadas.
17. As traduções das citações latinas foram postas em notas de rodapé.

José Américo Miranda
Valéria Maria Pena Ferreira

Dedicatória[1]

A ninguém com mais razão, e justiça se devem oferecer estas Práticas, como a V. M. assi pela matéria de que tratam, como pela elegância com que discorre o Orador, e por isso me foi forçoso dedicá-las a V. M. pois nelas mostrou o Autor o grande cabedal de seu talento, como se deixa ver no luzido, e engenhoso dos discursos: pera as oferecer à grandeza de V. M. me anima o saber lhe serão aceitas, e juntamente a benignidade donde me conheço mais obrigado, no modo que me é possível, manifesto meu agradecimento na direção desta obra, que leva consigo a estimação, e desculpa minha confiança.

Aceite pois V. M. esta vontade, que é o melhor obséquio, que humildemente lhe ofereço pera desempenho de minha obrigação, que como é tão grande, e tanta minha limitação, quero ao menos manifestá-la por meio destes caracteres a todo o mundo, a quem quisera também dar a conhecer as muitas virtudes que resplandecem em V. M. porque delas é em todos mais notório o conhecimento, do que o pode fazer a relação; pelo que me pareceu impossível referi-las nesta dedicatória, por ser limitado Mapa pera tanta grandeza, e por não ofender com minha rudeza a modéstia, e o ilustre de seu sangue, tudo passo em silêncio: cuja vida prospere o Céu pera lograr os lugares, e dignidades, que está pedindo o inumerável de tantos merecimentos.

    Humilde criado de V. M.

                                          Jorge de Góis.

Prática I

Dos Espinhos

Ecce Homo. Joann.19.

Se quisesse Deus, católico auditório, se quisesse Deus que entre as escuridades destas noites amanhecessem luzes a nosso desengano! Mas que luzes se podem esperar da pregação, sendo para a empresa tão desluzido o pregador! Não deixo de conhecer esta verdade, e contudo eu me animo a tão dificultosa empresa, porque me anima grandemente o estar presente a nossos olhos aquele alvo de nossos corações; anima-me a presença daquela chagada figura do nosso amante Jesus, porque suprirão suas vistas, onde me faltarem as razões;[2] e os que se não moverem pelo que lhes propuser aos ouvidos, não deixarão de lastimar-se pelo que lhes representar aos olhos. Temos o exemplo entre mãos: quis Pilatos mover à lástima e à piedade o povo de Jerusalém, e, levando ao Senhor a uma varanda sobre uma praça de gente inumerável, mostrou àquele povo endurecido aquele Senhor chagado, e rompeu nas palavras que citei por tema: *Ecce Homo*.[3] Pois, Presidente Romano, todo esse é o aparato de vossa eloqüência? A tão limitado período? Só a duas palavras reduzis a importância de vossa oração? Não vedes a rebeldia desses ânimos, que pretendeis mover? Pois como com tão poucas palavras os intentais persuadir? Porém, para que eram as palavras aonde estavam as vistas? Trouxe Pilatos a público um homem Deus, coroada a cabeça com bárbaro diadema de penetrantes espinhos, pendente aos ombros uma injuriosa púrpura, lançada afrontosamente uma corda ao pescoço, nas mãos atadas cruelmente um cetro de cana, o corpo todo – à força de duros golpes – banhado em dilúvios de sangue: que triste! que sentido! que lastimoso espetáculo! Pois à vista de espetáculo tão lastimoso, para que era necessário maior eloqüência? De que serviam as figuras da retórica, onde estava tão lastimosa figura? A que podiam mover as palavras, que melhor não movessem aquelas feridas? Que podiam intimar as vozes, que melhor não persuadissem aquelas chagas? Onde falavam aquelas chagas não eram necessárias outras vozes; por isso Pilatos, como teve que representar aos olhos, curou menos de persuadir aos ouvidos; por isso a matéria toda de sua oração reduziu só a duas palavras: *Ecce Homo*.

    Dir-me-ão que, contudo, o povo se não moveu: respondo que se não moveu o povo, nem se abrandou, porque, pedindo a Pilatos que lhes tirasse o Senhor de sua vista – *Tolle, Tolle*[4] –, condescendeu Pilatos com as vozes do povo, e porventura que se lhe não tirasse o Senhor dos olhos, se lhe movessem os corações; mas, dado caso que aquele auditório se não movesse, eu prego a mui diverso auditório, eu prego a um auditório tão cristão, tão dócil e tão piedoso que, desconfiando de mim mesmo, do sucesso não desconfio, porque creio que, à vista daquele Senhor tão maltratado, não haverá entre nós quem se não enternecesse, ainda quando em todo o mundo não houvera quem no-lo pregasse; e, sendo isto assim certo, que importa que ao pregador falte a suficiência, se no auditório sobra a piedade; e que importa que não dê eu ternuras que ouvir, quando dou chagas que ver; quando se não mover o coração pelos ouvidos, mover-se-á pelos olhos, porque donde faltarem as palavras sentidas, suprirão as vistas lastimosas; e acabará convosco,[5] à vista daquelas chagas, o que vos não persuadir a evidência de minhas razões, especialmente porque de vós, Jesus e Senhor meu,[6] de vós espero que deis tal eficácia a minhas palavras, que obrem como se não foram[7] minhas; inspirai, Senhor, tão altamente em meus discursos, que na mudança de seus procedimentos conheçam todos que, se falei eu, obrastes vós; e, nos corações dos que me ouvem, tão divinamente inspirai, que confessem todos as sem-razões de suas vidas, na força de minhas razões. Obre, Senhor, vossa graça onde faltar minha eloqüência, que entre estas escuridades melhor sairão vossas luzes; oh, sinta-se o golpe de vosso soberano impulso nos tristes ecos de nossa combatida dureza; sinta-se vosso poder em nosso desengano; vossa graça, em nossa resolução; na mudança de nossas vidas, a força de vossas misericórdias; e veja-se claramente que, sendo humana a diligência, foi superior a execução.

Porém, eu não sei, verdadeiramente não sei a que haja de mover-vos com a presença daquela imagem de Cristo; procurarei mover-vos a temor ou a esperança? A temor do castigo ou a esperança do perdão? Para uma e outra cousa acho razões naquela mesma figura: acho ali razões para esperar o perdão, porque aquela é a imagem de Cristo enquanto homem – *Ecce Homo*. E Cristo enquanto homem é nosso fiador e advogado, disse-o S. Paulo: *Quem proposuit Deus propitiatorem in sanguine ipsius*.[8] Acho ali também razões para temer o castigo, porque aquela é a imagem de Cristo enquanto homem – *Ecce Homo*. E Cristo enquanto homem é o fiscal de nossas culpas e o juiz de nossas ações, disse-o o mesmo Cristo: *Tunc videbunt filium hominis venientem cum potestate, et Majestate magna.*[9] Temos, logo, naquela imagem, representado a Cristo como juiz e como fiador: amante como fiador, rigoroso como juiz; como juiz para temido, como fiador para buscado. Qual há de ser agora a nossa empresa? Buscá-lo como amante, ou temê-lo como rigoroso? Uma e outra cousa havemos de fazer, buscá-lo e temê-lo: buscá-lo porque, como amante, nos assegura o perdão; temê-lo porque, como julgador, nos ameaça o castigo. Este vem a ser o assunto que seguirei estas noites, em cada uma delas discorrerei sobre uma das insígnias daquela sagrada imagem do *Ecce Homo*. E em cada qual veremos que se mostra Cristo muito amante e muito rigoroso, porque,[10] dessa sorte, em cada qual esperemos o perdão e temamos o castigo ou, para melhor dizer, para que, dessa sorte, saibamos evitar o castigo, solicitando o perdão.

E começando pela coroa de espinhos digo, primeiramente, que nos devemos animar a pedir o perdão de nossas culpas àquele Senhor enquanto coroado de espinhos, porque está assim mui amoroso; enquanto assim coroado, acho eu que as pontas daquela coroa servem indecisamente a Cristo de setas para o coração, que[11] de espinhos para a cabeça, porque ao mesmo passo que como instrumentos da crueldade lhe estão ferindo a cabeça, como setas de amor lhe estão atravessando o coração; naquela inclinação que fez Cristo na Cruz sobre o peito, mostrou ao mundo a coroa de espinhos que tinha na cabeça, mas mostrou também com a cabeça os afetos que tinha no coração; para descobrir os afetos foi meio mostrar os espinhos, e não podia o mundo ver os espinhos sem que juntamente visse os afetos; como seu amor lhe havia tecido aquela coroa, fez das pontas da coroa índices de seu amor, por isso com a cabeça apontou para o peito, e fez da cabeça coroada de espinhos mostrador dos afetos que havia no coração. Oh meu Jesus da minha alma! Oh meu amantíssimo Jesus, que lastimado, que ferido, que atormentado que estais! Mas, ah Senhor, e como estais amoroso! Como estais enternecido! Como estais para buscado! Só os espinhos poderão impedir-nos o caminho de buscar-vos; mas sois vós tão amoroso, que quereis ter martirizada a cabeça, a troco de não termos nós molestados os pés; por isso os espinhos que puderam[12] ser estorvo a nossos pés pondes vós sobre vossa cabeça: oh que amante que sois meu Deus! Oh como declaram bem as pontas dessa coroa os pontos de vosso amor! E que bem que se declara o fino de vossos afetos no agudo desses espinhos! Bem é verdade que, para lavar nossas culpas ou para abrandar nossa dureza, brotam de vossa divina cabeça e correm de vosso divino rosto setenta e dous rios de sangue; mas que importa que corram os rios, se não podem apagar os incêndios; que importa que corram os rios, se esses raios que sobressaem à cabeça publicam que há incêndios de amor que se ateiam no coração. Lá apareceu Deus a Moisés, e apareceu-lhe cercado de espinhos e lavaredas: *Vadam, et videbo visionem hanc*;[13] vamos ver este mistério: e que conveniência, que proporção tem o fogo com os espinhos? Em Deus tem muita conveniência: os espinhos eram a matéria de sua coroa, o fogo eram os incêndios de seu amor; e em Deus andam mui acompanhados incêndios de amor e coroa de espinhos: o mesmo é em Deus coroar-se de espinhos que abrasar-se de incêndios, o mesmo é padecer na cabeça os espinhos de sua coroa que sentir no coração incêndios de seu amor.

    Pois se tão amoroso temos a Cristo, quando coroado de espinhos, quem duvida que nos concederá facilmente o perdão de nossas culpas? Antes imagino eu que, assim coroado de espinhos, toma sobre si o castigo de nossas culpas, para que seu Eterno Padre nos conceda facilmente o perdão. São os espinhos o castigo de nossas culpas: *Spinas, et tribulos germinabis tibi*;[14] e, se estes espinhos tem Cristo sobre sua cabeça, claro está que, para escusar-nos do castigo a nós, tem sobre si o castigo: notável força de amor! Que tome Cristo sobre si o castigo, para que nós consigamos o perdão! Levou Abraão da espada para degolar a seu filho Isaac e, ao traçar do golpe, viu a um Cordeiro a cabeça cingida de espinhos: *Inter vepres haerentem cornibus*;[15] tomou logo o Cordeiro, fez dele o sacrifício, e Isaac, que estava destinado à morte, ficou gozando da vida. Grave concurso de mistérios! Isaac destinado à morte representa ao gênero humano; Abraão ameaçando o golpe representa ao Eterno Padre resoluto a dar o castigo; o Cordeiro representa a Cristo; e, para que Isaac não sinta o golpe, o Cordeiro se expõe ao sacrifício; para que nós não padeçamos o castigo, Cristo é o que sente o golpe, mas com esta advertência, que o Cordeiro estava coroado de espinhos: *Inter vepres haerentem*; Cristo coroado de espinhos é o que toma sobre si a morte, para que nós logremos a vida; toma sobre si o castigo, para que nós consigamos o perdão; há mais ardente fineza?! Há mais extremado amor?!

Verdadeiramente que, quando vejo a Cristo assim coroado de espinhos, eu me persuado que aquela coroa ou vem a ser a láurea com que em ciência de amor se gradua Cristo, ou vem a ser o diadema com que celebra Cristo o triunfo de seu amor; e que, estando aquele Senhor tão amoroso, tenhamos nós ânimo para o ofender! E que tenhamos coração para o agravar? Que esteja Cristo coroado de espinhos, e que vivamos nós coroados de rosas! E o que mais é, que, cometendo as ofensas, não solicitemos o perdão? Pois, fiéis, não duvideis ser perdoados, porque está aquele

Senhor mui amoroso; aqueles espinhos que atravessam a cabeça de Cristo, de tal maneira são instrumentos para o molestar, que juntamente são ou estímulos para nos mover, ou arpões para nos atrair; parece que nos estão tirando pelas capas;[16] não permitem aqueles espinhos que passemos, sem que lancemos mão daquelas rosas; lancemos mão daquelas gotas de sangue, que essas são as rosas que brotam daqueles espinhos; enquanto temos ocasião de nos aproveitar daquele sangue, aproveitemo-nos, e aproveitemo-nos agora, porque agora é a ocasião. Digo que agora é a ocasião, porque agora temos aquele Senhor como advogado; que quando o virmos como juiz, oh Deus Eterno! Aqueles mesmos espinhos, que servem agora de nos atrair, hão de servir então de nos atormentar; e, se por nós estão agora armados, então os veremos armados contra nós, porque então nos há Deus de tomar mui estreita conta daqueles espinhos. São os espinhos daquela coroa uma representação das inspirações de Deus, e bem o mostrou assim Cristo nos Cantares, quando, tendo a cabeça cheia de orvalho, bateu às portas daquela alma que dormia: *Aperi mihi Soror mea, quia caput meum plenum est rore.*[17] Notem: a alma dormindo é uma alma cristã descuidada de sua salvação, Cristo com a cabeça cheia de orvalho é Cristo coroado de espinhos e com a cabeça rociada de sangue, os golpes que Cristo dava às portas daquela alma são as divinas inspirações com que Deus nos bate às portas; e para que entendêssemos que os golpes com que Deus bate às portas de uma alma são efeitos daqueles espinhos, por isso vinha Cristo coroado de espinhos, quando batia às portas daquela alma; aqueles golpes que sentimos no coração, aqueles remorsos da alma, aqueles estímulos da consciência, que vos parece que são, senão efeitos daqueles espinhos; que, no mesmo passo que a Cristo lhe estão passando e atravessando a cabeça, a nós nos estão pungindo os corações; pois, por isso, digo que nos há Cristo de tomar mui estreita conta daqueles espinhos, porque nos há de tomar mui estreita conta das divinas inspirações.

Considero eu a Cristo coroado de espinhos um Sol cingido de raios, servindo-lhe de raios os espinhos; porém, o que agora são raios para nos ilustrar, algum dia hão de ser raios para nos consumir, porque tanto se hão de armar ao depois em nossa ruína, quanto conspiram agora em nossa iluminação; enquanto aquele Senhor é nosso advogado, todas as divinas inspirações são em nosso favor, mas, quando aquele Senhor for nosso juiz, elas mesmas nos hão de servir de maior castigo. Disse Cristo que o Espírito Santo havia de argüir ao mundo no dia do Juízo: *Cum venerit ille arguet mundum de peccato*;[18] pois, valha-me Deus, não é o Espírito Santo o que mais favorece o mundo? Não é ele o que nos[19] dá as divinas inspirações? Pois como há de ser ele o que se há de pôr contra o mundo? Por isso mesmo: porque o Espírito Santo dá ao mundo as inspirações, por isso se há de armar contra o mundo; os que tiverem obrado segundo as inspirações divinas pouco terão que recear, mas aqueles que resistiram sempre às divinas inspirações, aqueles que nunca obedeceram aos auxílios divinos, ó quanto terão que temer, e quanto terão que recear!

Fiéis, tende entendido que tocamos ao ponto de maior importância que se pode trazer aos púlpitos, porque aqui topa todo o negócio de nossa salvação; aí não há salvação sem auxílios divinos, mas também, resistindo nós aos auxílios divinos, não há salvação: se, dando-vos Deus seus auxílios divinos, vós cooperastes e obedecestes, ficam os auxílios eficazes, e salvaste-vos; mas, se vós lhe resististes e não cooperastes, ficam os auxílios suficientes, e perdeste-vos. O Espírito Santo, que nos inspira os meios de nossa salvação, como ofendido nesta parte – *arguet mundum de peccato* –, há de acusar-vos perante o tribunal divino de lhe havereis resistido e mal logrado[20] tantos auxílios. Ora, dai conta a Deus de tantos auxílios quantos mal lograstes: a advertência que vos fez o pregador, o conselho que vos deu o amigo, a admoestação que vos fez o confessor, parecer-vos-á que são acasos, e são auxílios de Deus; estais determinado a fazer uma ofensa contra Deus, sentis uns ditames da razão, que batalham contra vós mesmo; estais na ocasião do pecado, sentis em vossa alma uns certos reclamos da consciência – que é o que faço, como vivo, em que me ocupo? valha-me Deus, que hei de morrer, que hei dar conta a Deus! –, pois que determino: tudo isto passa em um pecador, e que vos parece que é tudo isto? São golpes daqueles espinhos, são iluminações daqueles raios, são auxílios de Deus, são inspirações do Espírito Santo. Ora, dai conta a Deus de ter resistido a tantos golpes, a tantas iluminações, a tantos auxílios, a tantas inspirações; Deus não vos faltou com os auxílios necessários à vossa salvação; vós não admitistes seus auxílios; qual há de ser a conseqüência![21]

Pois a esta causa vos advirto: que, se bem naqueles espinhos tendes muito que esperar, também tendes muito que temer, porque se agora estão armados em nossa defesa, também desde agora estão armados contra nós, porque os divinos auxílios, de tal modo são favores, que já trazem de mistura os castigos. Pediu Jó a seus amigos que se lastimassem dele: *Miseremini mei; miseremini mei, saltem vos amici mei;*[22] mas que causa tinha Jó para que se lastimassem dele seus amigos? *quia manus Domini tetigit me*[23] – porque sentia em si toques de Deus, e toques de Deus não são favores de Deus? pois por que se hão de lastimar os amigos de Jó, quando recebe toques de Deus? porque os toques de Deus de tal maneira são favores, que já vêm ameaçando castigos: se lhe obedecestes não há maior ventura, mas se lhe resististes não há maior desgraça. Quando o Espírito Santo desceu sobre os Apóstolos, apareceu em línguas de fogo: em línguas de fogo? aquelas línguas não eram dons do Espírito Santo, não eram inspirações divinas? Sim, eram; pois por que de fogo? porque o fogo é o último castigo que há de padecer o mundo; e quando o Espírito Santo comunica ao mundo suas divinas inspirações, já lhe vem ameaçando o último castigo; pois alerta, fiéis, nos golpes daqueles espinhos temos as divinas inspirações; assi que, adverti, que de tal maneira nos estão estimulando[24] as almas, de tal maneira nos estão amorosamente ferindo, que já severamente nos estão ameaçando; de tal maneira aqueles divinos raios estão infundindo iluminações, que já estão ameaçando incêndios; porque, se não obedeceis ao império daquela coroa, já estão os espinhos daquela cabeça divina arrojando o fogo do último juízo: assim o disseram algum[25] hora os mesmos espinhos. Fingiu Joatão que, elegendo as árvores a um espinheiro por seu rei, ele lhes propusera esta prática: *Si vere me Regem constituistis: venite, et sub umbra mea requiescite; si autem non vultis, egrediatur ignis de ramo, et devoret Cedros Libani.*[26] Isto que disseram às árvores os espinhos, quando cingiram coroa, nos está dizendo aquela coroa de espinhos; e, debaixo da metáfora desses espinhos, isto mesmo nos estão dizendo as inspirações de Deus, *Si vere me Regem constituistis*; se reconheceis aos espinhos em seus impérios, se obedeceis à coroa de espinhos, *Venite, et sub umbra mea requiescite*, eles vos servirão de amparo; porém, se lhe resistirdes, se lhe não derdes assento, *Si autem non vultis*, dos mesmos espinhos brotará fogo que abrase e consuma até os mais altos cedros do monte Líbano: *Egrediatur ignis de ramo, et devoret Cedros Libani.*

Pelo que, católico auditório, para escusarmos este castigo que aqueles espinhos nos estão ameaçando, obedeçamos aos impérios daquela coroa de espinhos. Estão aqueles espinhos puxando por nós, para que cheguemos a colher aquelas rosas, para que nos aproveitemos daquele sangue, pera que busquemos a Cristo, e por que não obedeceremos aos impérios daquela coroa? Se alguma cousa no-lo pudera impedir, seria o temor do castigo; porém, temos hoje a Cristo tão amoroso, que não há causa de temor; o dia em que Cristo está mais amoroso é o dia em que se desposa com nossas almas, o dia em que se coroa de espinhos é o dia em que se desposa: *Coronavit eum mater sua in die desponsationis ejus.*[27] Logo, hoje é o dia em que está mais amoroso, porque hoje é o dia em que se coroa de espinhos; pois, se hoje não temos que temer, cheguemos, almas cristãs, *Egredimini filiae Sion,*[28] ponde os olhos naquele Senhor assim coroado de espinhos: *Videte Regem vestrum in diademate.*[29] Oh meu Jesus da minha alma! Oh meu amantíssimo Jesus, que ferido, que lastimado que estais, meu Deus e meu Senhor? mas ó como estais amoroso! Oh que bem se manifesta o fino de vosso amor na agudeza desses espinhos, oh que amorosamente nos detêm esses espinhos para que colhamos essas rosas! Oh cabeça sacrossanta, alguma hora coroada de estrelas e agora lastimada de espinhos, quem viu jamais os espinhos armados contra as rosas; mas vede, fiéis, vede aquele mar de sangue que se derramou por nossas culpas: ali vão a desembocar setenta e dous rios de sangue, que descem daquela cabeça! Oh se nossas culpas padeceram[30] o último naufrágio na inundação daqueles rios; ah meu Deus, e quem duvida que havíeis de sair tão ensangüentado depois de tratar os espinhos?! Porém, nesse mar de sangue, nos estão prometendo os espinhos uma maré de rosas; que para dar-nos essas rosas, padecestes vós,

Senhor, esses espinhos. Oh como sois amoroso, meu Deus; e que haja quem tenha coração para cometer culpas contra um Deus tão amoroso! Ó[31] não seja assim, fiéis; tratemos de emendar as vidas – um propósito firme de nunca mais ofender aquele Senhor, pedir-lhe perdão de nossas culpas –, e, como tão amoroso, não negará o perdão. Mas mostrai-nos, Senhor, vossa face divina, para perdoar nossas culpas; perdoai-nos, Senhor, por quem vós sois; perdão, meu Deus de minha alma, misericórdia, Senhor, para que assim alcancemos vossa graça, que é o penhor da glória. *Amen*.[32]

Prática II

Da Púrpura

Ecce Homo. Joann.19.

Depois de tratarmos da sagrada coroa de espinhos daquela imagem sagrada, segue-se agora tratarmos daquela capa de púrpura e, sendo a púrpura divisa que tanto segue a coroa, claro está que o mesmo que dissemos da coroa havemos também de dizer da púrpura. Digo, pois, que também Cristo, com aquela capa de púrpura, está mui para buscado e mui para temido, porque também com aquela capa está mui amoroso e mui severo, que essas são as conseqüências de ser homem: *Ecce Homo.* A Arca do testamento mandava Deus que estivesse coberta com uma capa carmesim: *Extendentque desuper pallium hyacintinum*;[33] dentro da Arca estava o maná e a vara: o maná, que representava a misericórdia de Deus, e a vara, que representava sua justiça; donde se segue que estavam encerradas debaixo daquela capa carmesim a justiça e a misericórdia; assi também cá Cristo, verdadeira Arca do testamento novo, está coberto com aquela capa de púrpura; mas, debaixo daquela capa, dissimula Cristo a vara de sua justiça e encerra o perdão de sua misericórdia, porque justiça e misericórdia são os mistérios que se contêm debaixo daquela capa. Ora vejamos uma, e outra cousa.

Primeiramente, devemos buscar a Cristo coberto com aquela capa de púrpura, para nos amparar com aquela capa, porque está mui amoroso estando coberto com aquela púrpura; de tal maneira cobre aquela púrpura a Cristo, que lhe descobre o amor, porque de tal maneira lhe tem coberto o corpo, que lhe tem descoberto o peito; no ardente daquela púrpura se vê bem o abrasado de sua afeição, naquelas cores se vêem bem seus afetos, porque de tal sorte e com tanto excesso cresceram os incêndios de seu amor, que, não podendo conter-se no peito, saíram a atear-se na capa, vindo-se a descobrir nas resultâncias[34] da púrpura os ardores do coração.

Puseram os homens aquela púrpura a Cristo para afronta de sua pessoa; porém, Cristo tirou dela créditos de seu amor, não só porque seu amor fica mais encarecido quando mais injuriado, senão porque aquela capa serve de divisa ao amor divino, para o distinguir do amor profano. O amor profano pintou a Antiguidade nu e despido, porém o amor divino deve pintar-se com capa; e a razão da diferença é porque o amor profano é amor menino, por isso nunca usou de capa, porque sempre foi amor pequeno; mas o amor divino usa de capa, porque é amor mui crescido; a grandeza do amor de Cristo lhe talhou aquela capa, que mal pudera aparecer sem capa tão grande amor. José no Egito, para mostrar a sua senhora quão pouco a amava, largou dos ombros a capa; Cristo, para mostrar o muito que nos ama, sustentou a capa aos ombros. A capa deixada de José pareceu aos homens despojos de seu amor, e eram argumentos de seu desprezo; a capa posta aos ombros de Cristo parecia desprezo dos homens, e eram galas de seu amor. Ah fiéis, que amoroso Deus que temos; temos um Deus tão amoroso que, quando padece afrontas por nosso amor, faz galas das mesmas afrontas, e do mesmo pano de que os homens lhe talharam as injúrias, desse mesmo cortou as galas: que rara força de amor! Sendo Cristo Senhor nosso monarca soberano do universo, cuja opa real, arrastando gloriosamente sobre as Hierarquias mais luminosas, apenas a merecem sustentar nos ombros os Serafins mais ilustres; ignorantes os homens de tanta grandeza, por ludíbrio lhe puseram aos ombros ou um pedaço de púrpura, ou uma púrpura em pedaços; está tão amoroso Cristo, que essa mesma afronta de sua grandeza, quis que fosse a melhor libréia[35] de seu amor. Lá disse Isaías que, quando os anjos viram a Cristo coberto com aquela púrpura, que, desconhecendo-o, perguntaram quem era – *Quis est iste, qui venit tinctis vestibus?*[36] – que estava Cristo com aquela púrpura tão afrontado, que nem inda dos anjos era conhecido; porém, acrescenta o profeta que confessaram os anjos que estava o Senhor mui gentil com aquela púrpura – *formosus in stolla sua*.[37] Pois como assi? Se os anjos, vendo a Cristo com aquela púrpura, o desconhecem por abatido, como o louvam de galhardo, como confessam que lhe está bem aquela púrpura? O caso é que os anjos consideraram a Cristo, primeiro, quanto à sua grandeza, depois, quanto a seu amor; quando consideraram a Cristo segundo a sua grandeza e o viram com aquela púrpura afrontosa, pareceu-lhes o Senhor tão abatido em sua grandeza, que o desconheceram, por abatido: *Quis est iste, qui venit tinctis vestibus?* Mas, quando consideraram a Cristo segundo seu amor e o viram com aquela púrpura injuriosa, tão gentilmente lhes pareceu com aquela gala de seu amor, que o louvaram de galhardo – *formosus in stolla sua* –, de maneira que aquela mesma capa de Cristo desdizia muito de sua grandeza e abonava grandemente a seu amor; para que o crédito de Cristo crescesse em seu amor, era força que diminuísse em sua grandeza; e está Cristo tão amoroso que, por ver seu amor acreditado, quis ter sua grandeza diminuída e quis tomar aquela púrpura, com abatimento de sua grandeza, só porque ela lhe servia de gala de seu amor. E na verdade, cristãos, que sendo tão grande o amor de Cristo, não pudera descobrir outra melhor gala que aquela púrpura, porque, para um Deus tão amoroso, que gala podia vir mais acomodada que uma capa; quando os filhos mais amantes de Noé se quiseram mostrar mais amantes, puseram uma capa aos ombros, com que cobriram os defeitos de seu pai; pois para Cristo se mostrar mais amante, que outra cousa devia fazer, senão tomar aquela capa aos ombros com que cobrir nossos defeitos? Dizia Davi, profetizando de Cristo, que Cristo nos havia de cobrir com seus ombros: *scapulis suis obumbrabit tibi*;[38] não se achará ocasião em que Cristo nos cobrisse com seus ombros! Pois logo quando se cumpriu esta profecia de Davi, sabem quando? Quando Cristo tomou aquela capa aos ombros, porque todas nossas culpas está Cristo cobrindo com aquela capa; e, se não, pregunto, que cousa são aqueles golpes? aquelas chagas? aquele sangue? aquelas feridas? não foram execuções da impiedade dos homens? que cousa são todas aquelas dores que padeceu aquele corpo sacratíssimo, não são todas efeitos de nossas culpas? É Texto expresso: *peccata nostra portavit, et pro nobis dolet: ipse autem vulneratus est propter iniquitates nostras*.[39] Pois, se Cristo com aquela púrpura está cobrindo aquelas chagas, e se naquelas chagas estão as culpas dos homens, que muito que diga eu que com aquela capa está Cristo cobrindo nossas culpas. Oh meu amantíssimo Jesus, meu Deus e meu Redentor, e se para cobrir nossas culpas tendes aos ombros essa capa, quem deixará de conhecer o amor que tendes? Parece que, como desvelado amante, para rondar-nos as almas, saístes esta noite com essa capa disfarçando vossa grandeza; mas, que importa que vos rebuceis, se a mesma capa que vos cobre é a melhor divisa que vos manifesta? e quem deixará de conhecer-vos por amante nosso, quando claramente se estão vendo no fino dessa púrpura as finezas de vosso amor? e no ardente dessa capa os ardores de vossa afeição? Mas, ah meu Deus, e que mal correspondemos a tão excessivo amor, e se não, *quare rubrum est vestimentum tuum*,[40] que tenhais essa capa aos ombros para cobrir nossas culpas, bem me está; porém, por que há de ser essa capa vermelha? Porque se envergonha essa capa de encobrir tantas maldades nossas, à vista de nossas ingratidões; e que envergonhando-se essa capa de encobri-las, não nos corramos nós de cometê-las? Oh, quanto nos sofreis, meu doce Jesus.

Pois estai certos, fiéis, que se não correspondermos de outra sorte a tão grande amor, que este mesmo amor se há de converter em indignação, porque aquela púrpura de tal maneira mostra a Cristo amoroso, que também o mostra severo; aquela capa está de guerra, e em volta dos favores[41] está também ameaçando castigos. Quando Davi pediu armas a Aquimelec, disse-lhe o sacerdote que fosse ao templo, e que debaixo de uma capa acharia uma espada: *Ecce hic gladius est involutus pallio*;[42] notável mistério, que sendo a capa que está no templo o amparo de nossas culpas, que debaixo dessa capa haja de estar escondida a espada; que sendo a capa de Cristo todo o nosso amparo, se haja de dissimular debaixo daquela capa? Si, debaixo daquela capa está escondida a espada, porque são fios da espada todos os fios daquela capa, e a razão disto é porque se naquela capa temos muito que esperar, também temos muito que temer; se naquela capa temos que esperar o amparo, também temos que temer o castigo, porque quando cada qual de nós for chamado a juízo, há de dar àquele Senhor mui estreita conta daquela capa; por isso, de tal maneira está Cristo amoroso com aquela capa, que juntamente está de guerra: *Ecce hic gladius est involutus pallio.*

Mas, perguntar-me-ão, sobre que matéria há de cair esta conta? sobre que matéria se nos há de tomar conta daquela capa? Respondo, primeiramente, que se há de tomar conta a muitos de rebuçarem seus vícios com aquela capa de Cristo; a capa de Cristo é capa de virtude, e com capa de virtude revestir os vícios, que grave matéria para dar conta a Deus! Oh, quantos ministros da justiça, quantos oficiais da república, quantos superiores, quantos particulares executam a paixão, o ódio, a vingança, com capa de zelo, com capa de ordenação, com capa de virtude; mas, oh, que apertada conta darão disto a Deus, assim os que o obram, como os que o permitem; que de reinos, que de impérios, que de repúblicas se não têm destruído com pretexto de piedade e religião; basta, por exemplo, a cidade de Tróia, onde entrou a ruína disfarçada em um sacrifício; que dentro daquela fatal máquina sacrificada à deusa Palas, se dissimulava sua última destruição, e que debaixo de tanta piedade se executasse tão lamentável ruína! Que assim se infame a piedade; ora dai conta a Deus de assim malquistar a virtude, dai conta a Deus de executar vossa paixão com capa de zelo nas devassas,[43] nas visitas, nas residências; depois de tanta conta aos homens, dai agora conta a Deus.

O primeiro que usou mal da capa da virtude foi Lúcifer, acusando aos outros anjos: *Acusabat illos ante conspectum Dei die, ac nocte*;[44] disse S. João no seu Apocalipse: a capa era de zelo, porém com ela encobriu sua condição luciferina. Censurou Judas a Madalena de não gastar com os pobres os ungüentos preciosos:

a capa era de caridade, porém com ela encobria sua ambição. Condenaram os dous juízes a Susana, conforme sua ordenação: a capa era da lei, porém com ela encobriram sua vingança. Crucificaram os fariseus a Cristo: a capa era de religião, porém com ela encobriram seu ódio. Oh que de vezes se repete isto no mundo, que de vezes com capa de virtude se disfarçam ódios, vinganças, ambições e naturezas luciferinas! Porém, que se há de seguir daqui? Eu o direi: os fariseus perderam-se, e os juízes condenaram-se; perdeu-se Judas, e condenou-se Lúcifer. Lúcifer foi o primeiro que no mundo se revestiu da capa de zelo; Lúcifer foi o primeiro que em todo o mundo acusou; Lúcifer foi o primeiro que em todo o mundo se perdeu: Oh quantos, no dia do Juízo, quantos anjos se verão acusados; mas quantos Lucíferes se verão perdidos! A verdade é que o zelo de Deus foi Elias; desapareceu Elias, largando a capa, e ficou só no mundo a capa do zelo; no dia do Juízo se mandará restituir a capa a seu dono, e então se verão ali enormidades, que se cobriam com esta capa.

Porém, não é só este o modo que há de capear os vícios;[45] outro modo há igualmente pernicioso, e vem a ser encobrir na confissão as culpas ou as circunstâncias delas. Oh que viciosa capa! Ora, demos que morra um pecador, assim com as culpas encobertas, e que assim seja chamado a juízo: pecador desgraciado, por que não confessastes[46] inteiramente todas tuas culpas? o único remédio das culpas é a confissão; pois, se cometestes as culpas, por que mal lograste o remédio? que desculpa se pode dar a este cargo? Eu lhe não acho desculpa; poderia servir de desculpa o pejo natural, mas se todos não tivéramos este pejo, se nos não corrêramos todos de descobrir nossas culpas a um homem como nós, que merecimento teríamos em descobrir nossas culpas? a confissão é o

Sacramento da penitência, e como havia de ser penitência, se não fora mortificação? cometemos os pecados tão licenciosamente, temos o remédio na confissão, e não havia de custar-nos alguma dificuldade o remédio? assim, às mãos lavadas havíamos de levar a absolvição? são tão enormes nossas culpas que nós mesmos nos corremos de as descobrir, e não nos havia de custar o perdão delas ao menos esse pejo de as confessar? além de quê, pergunto assi: e que vergonha temos nós de confessar as faltas alheias? ainda mal, porque neste particular não há no mundo vergonha; pois mais nos devêramos nós correr de publicar as faltas alheias que de confessar as próprias, e dou a razão: porque quando confesso meus pecados, faço um grande ato de virtude; quando publico os alheios, cometo um gravíssimo pecado; e sobre ser pecado contra Deus, ainda pera com o mundo é vileza e ignorância; é vileza porque faço ruins ausências àquele a quem tal vez[47] mostro bom rosto, e que maior vileza? é também ignorância, porque em falar mal dos outros mostro que não sei falar; ao menos mostro que não sei falar bem, e que maior ignorância! onde se vê mais a discrição dos homens que no bem falar; pois como no falar mal dos outros pode consistir a discrição! Oh valha-me Deus, senhores, que toscos juízos há no mundo! tão materiais hemos de ser, que nem ao menos saberemos conversar! faltam sucessos de guerra, mudanças de monarquias, o curso das causas materiais, e outras mil matérias curiosas; por força havemos de falar em materialidades, na fraqueza deste, no defeito daqueloutro? que limitados discursos! Pois estai certos, que nenhum de nós murmura, que não seja murmurado; nenhum tem que notar, que não haja muito mais que notar nele: porque quando pera ser murmurado não tenha outro defeito mais que o murmurar, assaz tem em que justamente ser murmurado. Ora, eis aqui como é mais pera envergonhar-nos de descobrir os pecados alheios que o confessar os próprios; pois, se contudo nos não envergonhamos de descobrir os pecados alheios, se nos não envergonhamos de cometer um pecado tão vil, na presença de tantos ouvintes, como nos envergonhamos de dizer a um confessor, debaixo de sigilo, nossos pecados? e se nos não envergonhamos de os cometer, como nos envergonhamos de os confessar? Dai lá disto resposta a Deus! isto não tem resposta.

O que resta daqui é que quem se corre de confessar suas culpas, que fuja à ocasião de cometê-las, e escusará a vergonha de confessá-las. Façamos este discurso: este tal pecado é tão enorme que, se o chegar a cometer, me hei de correr de o confessar; pera o confessar corro-me, pera[48] o não confessar condeno-me; pois pecado tão enorme, cuja conseqüência é minha condenação, pecado tão enorme, que não hei de atrever-me a confessá-lo, como me atrevo eu a cometê-lo? este é o remédio antes de cometida a culpa, porque, depois de cometida, só a confissão é o remédio; porque de outra sorte ficais não só com a culpa que cometestes, senão também com os outros pecados que confessastes, e de mais com um sacrilégio que cometestes, ficando sempre obrigados a refazer estas confissões, porque todas foram nulas, e de outra sorte não há salvação. Pelo quê, cristãos, confessemos de plano nossos pecados e a menor circunstância deles; não paliemos nossas culpas, basta aquela capa de Cristo pera cobrir-nos, porque é mui poderosa aquela capa; quem cobrir suas culpas com a capa de Cristo, oh bem-aventurado pecador; mas quem as cobrir com sua própria capa, oh pecador desgraçado! Dizia Davi que eram bem-aventurados os que tinham os pecados encobertos: *Beati quorum remissae sunt iniquitates, et quorum tecta sunt peccata*;[49] falava de pecados cobertos com a capa de Cristo, que de tal maneira cobre, que juntamente perdoa; e os que têm os pecados cobertos com a capa de Cristo, estes se devem chamar bem-aventurados: *Beati quorum remissae sunt, etc.*; mas os que têm os pecados cobertos com capa que os não deixa perdoados, os que têm os pecados cobertos com sua própria capa, oh desgraçados pecadores! Bateu Deus às portas de uma alma, e, resistindo ela a seus golpes, ausentou-se Deus de suas portas; deu-se ela finalmente por culpada, tomou a capa, e, saindo em busca de Deus, executaram nela cruel vingança os ministros da divina justiça: *Percusserunt me, vulneraverunt me, tulerunt pallium meum*;[50] reparo assi: esta alma, ainda que culpada, não ia em busca de Deus? pois, se vai buscar o remédio, como encontra o castigo? Direi: esta alma, estando culpada, embuçou-se, tomou a capa, indo buscar a Deus; e, quando uma alma, indo buscar a Deus pera remédio de suas culpas, lança sobre os ombros a capa, em vez do remédio encontra o castigo: *percusserunt me*; devera esta alma esperar que Cristo lhe lançasse a capa por cima e, pera isto, havia de ir sem capa; indo culpada, devia chegar-se a Deus descoberta, devia esperar que a cobrisse a capa de Cristo, e ela cobriu-se com sua própria capa: *pallium meum*; pois que se havia de seguir? que se havia de seguir, senão experimentar o castigo – *percusserunt me* – e, por fim de tudo, tirarem-lhe a própria capa: *tulerunt pallium meum*. Oh, como se verá no dia do Juízo representada esta tragédia? a quantos se dará o último castigo, porque levarão capa à confissão; e a quantos se tirarão as capas no dia do Juízo? que de culpas encobertas se descobrirão naquele dia! pois, se assim se hão de descobrir, perante todo o universo, pera nossa confusão, não é mais conveniente que se descubram agora ao confessor pera nosso remédio?! Em resolução, fiéis, basta aquela capa de Cristo pera nos cobrir; esperemos o perdão daquele Senhor, que aquela capa basta pera nos amparar; porém, se bem nossas culpas nos podem causar grandes temores, naquela púrpura podemos fundar grandes esperanças. Quando o Sol, no seu Ocidente, se põe entre púrpuras, promete serenidades: *Serenum erit, rubicundum est enim Caelum*;[51] pois se Cristo, divino Sol de justiça, quando mais vizinho a seu ocaso, está cercado de púrpura, que tempestades podemos temer? e que serenidades não podemos esperar!

Cheguemos, pois, almas cristãs, cheguemo-nos a pedir o perdão de nossas culpas, que pera amparar-nos com aquela capa nos está esperando aquele Senhor. Oh meu Jesus de minha alma! Oh meu amantíssimo Jesus, que de vezes, Senhor, vos temos ofendido, e que de vezes nos tendes amparado, que de culpas nossas não cobris com essa capa, mas que afetos vossos não descobris! Oh como estais amoroso quando mais injuriado, que divinamente mudais as afrontas de vossa grandeza em galas de vosso amor; mas descobri, Senhor, lançai dos ombros a capa, e em vossas chagas veremos nossas culpas. Ah cristãos! Eis ali o divino Elias: quando mais arrebatado entre incêndios de seu amor, lança dos ombros a capa pera prendas de sua afeição, pera remédio de nosso desemparo; porém, se lançou dos ombros a capa de púrpura, nas costas lhe fica a púrpura do sangue; dos ombros lhe cai a capa composta de fios de púrpura, nas costas lhe fica a púrpura correndo em fios de sangue! Oh se caíramos nós em uma e outra fineza! A capa de púrpura cai pera nosso amparo, a púrpura de sangue corre pera nosso remédio; a capa de púrpura cai pera cobrir-nos, a púrpura de sangue corre pera lavar-nos. No cenáculo, largou Cristo as vestiduras pera lavar com água os pés dos seus discípulos; agora, larga a capa dos ombros pera lavar com sangue nossas culpas. Oh que de culpas tem que lavar aquele sangue! Eis ali, fiéis, o que cobria aquela púrpura: culpas dos homens e finezas de Cristo; e que mal que dizem junto a tantas finezas, tantas culpas! Oh quem nunca vos ofendera, meu bom Jesus! Oh quem sempre vos amara, meu Jesus do meu coração; mas, Senhor, já que com essa capa cobris nossas culpas, cobri nossas ingratidões; perdoai-nos, Senhor, por quem vós sois; perdão, meu Deus da minha alma; misericórdia, Senhor, pera que assim mereçamos vossa graça, que é o penhor da glória: *Ad quam nos perducat Dominus Iesus Christus. Amen.*[52]

Prática III

Das Cordas

Ecce Homo. Joann.19.

Também hoje temos a Cristo mui pera buscado e mui pera temido, porque também hoje o havemos de ver amante e mui rigoroso. É Cristo enquanto homem um Deus mui humano, e há de ser enquanto homem um juiz mui severo; e claro está que o havíamos de ver hoje mui humano e mui severo, pois hoje se nos propõe enquanto homem: *Ecce Homo.* Continuando, pois, com a minha empresa, tratarei hoje de Cristo em prisões; e, pera ir atado àquelas insígnias de Cristo, tratarei hoje de Cristo atado, tratarei daquelas cordas com que o Senhor apareceu no pretório de Pilatos, e nelas veremos que, sendo prisões de seu amor, são instrumentos de sua indignação: viu Ezequiel a Deus edificando a cidade de Jerusalém, e viu que trazia nas mãos uma corda, *funiculus ligneus in manibus ejus*;[53] viu também Jeremias a Deus destruindo a mesma cidade, e viu que trazia uma corda nas mãos, *tetendit funiculum suum*;[54] já estão na dificuldade: a mesma corda, o mesmo instrumento pera tão diversas ações? Ezequiel vê a Deus edificando,

Jeremias vê a Deus destruindo: ambos vêem a mesma corda nas mãos de Deus? Si, que pelos mesmos fios por onde Deus nos ama nos castiga; por isso, a mesma corda que serve a Deus pera edificar lhe serve também pera destruir. Deus vem a edificar como benigno e vem a destruir como rigoroso; e porque Deus com as cordas nas mãos é tão rigoroso como benigno, por isso usa de corda pera edificar, *funiculus in manibus ejus*, e usa de corda pera destruir, *tetendit funiculum suum*. Temos hoje que ponderar a Cristo com uma corda nas mãos: e quem duvida que por aquela corda se hão de medir juntamente nosso remédio e nosso castigo, quem duvida que com aquela mesma corda se nos representa Cristo mui amante e mui rigoroso? Ora, vejamos uma e outra parte.

Primeiramente, está Cristo mui amoroso atado com aquelas cordas, porque somente seu amor o pudera ter atado: *nullum vinculum*; diz S. Lourenço Justiniano: *Nullum vinculum Dei tenere possit, si charitatis vinculum defuisset.*[55] Se Cristo nos não amara, quem havia de atar as mãos de Cristo, sendo Cristo tão poderoso; quem, senão seu próprio amor, lhe pudera atar as mãos? Notável caso que, sendo Sansão a guedelha de todo o esforço, Dalila, uma mulher fraca, por tantas vezes lhe atasse as mãos; pois assim se deixa amarrar tão abalizado esforço? Quis Davi louvar mais encarecidamente o esforço de Abner e disse desta sorte: *Nequaquam ut mori solent ignavi mortuus est Abner; manus tuae ligatae non sunt, et pedes tui non sunt compedibus aggravati*;[56] Abner nunca viveu como cobarde, até na morte procedeu como valeroso, e isso por quê? Porque nunca se permitiu a prisões, ninguém lhe viu nunca atadas as mãos; morto si, mas não atado; cedeu aquele valor ao amor, porém não cedeu à prisão. De sorte que, pera Davi lhe qualificar o esforço, encareceu-lhe a liberdade e, pera exagerar o quanto pudera, disse que ninguém o atara: *Manus tuae ligatae non sunt*. Pois, se em não ter as mãos atadas consiste o pundonor do esforço, tendo Sansão tão conhecido esforço, como permite a Dalila que lhe ate as mãos? Esses são os privilégios do amor, que, não se permitindo a prisões o esforço, só o amor o pode pôr em prisões. Amava Sansão cegamente a Dalila e, pera mostrar àquele ídolo de sua cegueira os extremos de seu amor, permitiu que, apesar de seus brios, lhe atasse as mãos; e que fineza fora o entregar-se a prisões, se não tivera valor que acreditasse a fineza? Se não fora tão grande o valor de Sansão, podiam ser aquelas cordas testemunhas de sua fraqueza, mas sendo seu valor tão grande, não podiam ser aquelas cordas senão argumentos de seu amor. Pois sendo tanto mais avantajado o poder de Cristo que o de Sansão, e se, contudo, o vemos com as mãos atadas, que havemos de dizer, senão que seu amor lhe tem atadas as mãos? Braços tão esforçados e rendidos, mãos tão poderosas e atadas! Obra é de amor sem dúvida; como não foi falta de esforço, sem dúvida foi força de amor.

    Com ser o amor ato da vontade, contudo não há de ser voluntário quem tem amor; tudo conquista o amor pera render uma alma; porém, a primeira cousa que conquista é a liberdade; ser amante e viver livre mal se compadece, porque mal vive em sua liberdade quem vive sujeito às leis do amor; quem se não cativa não ama, porque amar é cativar-se, e aquele mais perfeitamente ama, que mais estreitamente se cativa. Amavam-se Jônatas e Davi, e, porque ambos se amavam, ambos entre si viviam presos e atados: *Anima Jonathae conglutinata est animae David*;[57] contudo, concordam todos em que Jônatas amava mais a Davi do que Davi amava a Jônatas; por isso na Escritura se encarece tanto mais o amor de Jônatas que o amor de Davi, que seis vezes se diz expressamente que Jônatas amava a Davi, e uma só vez que Davi amava a Jônatas, e isso em termo imperfeito e só por boca do mesmo Davi: *Ego te diligebam*;[58] pois isso, por que razão? não viviam presas entre si aquelas duas vontades, não viviam aquelas duas almas atadas ambas entre si? pois por que razão se encareceu mais na Escritura o amor de Jônatas que o amor de Davi? A razão é porque, se bem viviam entre si atadas aquelas duas almas, contudo, não foi Davi o que se cativou a Jônatas, Jônatas foi o que se cativou a Davi: *Anima Jonathae conglutinata est animae David*; e como aquele mais ama que mais se cativa, como aquele tem mais amor que tem menos liberdade, por isso foi mais encarecido o amor de Jônatas, porque teve menos liberdade que Davi. Pera maior confirmação, comparemos o amor que os homens têm a Deus na glória com o amor que lhe têm na terra: qual destes é o mais perfeito amor? Claro está que o amor que lhe têm na glória; e isso por quê? Porque o amor que lhe têm na terra é livre, e o amor que lhe têm na pátria é necessário; e o amor sem liberdade é mais perfeito que o amor com liberdade; por isso na glória, donde se ama com menos liberdade, se ama com mais perfeição; por isso o amor que os homens têm a Deus na terra é amor menos perfeito, e o que lhe têm na glória é mais perfeito amor; logo, bem dizia eu que aquele tem mais perfeito amor, que tem menos liberdade: bem dizia que aquele mais perfeitamente ama, que mais rendidamente se cativa.

    Pois se aquele é mais amante que vive menos livre, que muito que diga eu que quando Cristo se nos apresenta preso, então se nos encarece amante. É o Espírito Santo o amor divino, e reparo eu muito em que este amor se visse na criação do mundo somente sobre as águas, *Spiritus Domini ferebatur super aquas*,[59] e por que razão se viu este amor somente nas águas? por que não em algum dos outros elementos? A razão verdadeira ele a sabe; o que eu sei é que, entre todos os elementos, nenhum tem correntes senão as águas; e, como o amor verdadeiro se vê nas prisões, por isso o divino amor se viu nas correntes. Pois quem deixará de conhecer o amor de Cristo, quando o vir entre prisões; quem, pondo os olhos naquelas cordas de Cristo, deixará de conhecer na perda de sua liberdade os impérios de seu amor! Em toda a composição do corpo, não se acham outras cordas mais que as cordas do coração; e por que causa o coração há de viver entre cordas mais que as outras partes do corpo? eu dissera que só o coração vive preso entre cordas, porque de todo o corpo a parte mais amorosa é o coração: e sendo o coração mais amoroso, quem duvida que havia de viver entre cordas! Oh meu Jesus do meu coração, meu Jesus e meu Redentor; e que bem vos competem as cordas, sendo vós tão amoroso! Todos, Senhor, vos veneram por cabeça do gênero humano; porém eu, por muitos maiores títulos, vos chamara nosso coração, não só porque a dispêndio de vosso sangue se formaram os espíritos de nossa vida, senão porque de todo este corpo místico sois vós a parte mais amorosa; e, sendo vós todo nosso coração, que muito que vivais entre cordas? que muito, sendo tão grande vosso amor! E quem cuidara, meu Deus, que podiam consistir nas grosserias as finezas: na grosseria dessas cordas, as finezas de vosso amor; porém, quem há de cuidar, sendo as cordas que vos atam doces prisões de vosso amor, amorosos laços de vossa afeição! Oh que justo fora, meu Deus da minha alma, que justo fora que, atadas vossas mãos com cordas, nossos olhos se desatassem em lágrimas; que bem se corresponderam[60] as cordas e as correntes, as cordas de vossas mãos e as correntes de nossos olhos! Oh sirvam, Senhor, vossas cordas de arrastar nossos afetos: *trahe me post te*;[61] vivamos presos, meu Deus, vivamos unidos: *in funiculis Adam, in vinculis charitatis*;[62] e já que vós sois todo o nosso coração, assi por preso como por amoroso, fazei, meu doce Jesus, com que vos amemos todos de todo o coração. Mas ah, fiéis, que temo, temo que algum dia se desatem aqueles laços e que arrebentem aquelas cordas. A soga é o emblema da justiça (como todos sabem); pelo quê, se aquelas cordas de Cristo são agora prisões de seu amor, adverti que também são instrumentos de sua justiça. Lá entrou Cristo uma hora no templo e, encontrando não sei que desordem, de umas cordas fez açoute com que executou o castigo: *Et cum fecisset flagellum de funiculis, omnes ejecit de templo.*[63] Olhai que aquelas cordas podem ser nosso flagelo, e olhai que pode Cristo formar daquelas cordas açoute: *Quasi flagellum de funiculis.*[64] Quando cada qual de nós for chamado a juízo perante aquele Senhor, que conta lhe daremos de que, estando ele atado com aquelas cordas, vivêssemos nós com tanta soltura? Cristo por nossas culpas atado, e nós tão desalmadamente a multiplicar as culpas! Oh que grande matéria pera dar conta a Deus! Cristãos, qualquer pecado mortal não merece por castigo menos que um inferno; mas todavia, quando cometemos as culpas como enleados, com receio da divina justiça, parece que estamos enternecendo a divina misericórdia, porque, como o cair é pensão (bem infeliz de nossa natureza), em nossa própria fraqueza temos alguma desculpa; porém quem, desarmadamente e à rédea solta, se entrega a todo o gênero de vícios, que esperança pode ter de sua salvação; um ginete desenfreado onde pára, senão em precipícios; desamarrado um baixel, onde acaba, senão em naufrágios e precipícios! não desejamos todos saber se nos salvaremos ou não? pois tomai este sinal, que é aprovado de todos os Santos Padres.

Aquele que ofende a Deus a medo e como atado, e ainda depois de o ofender fica como enleado de corrido,⁶⁵ o mais provável é que se salvará; mas aquele que desenvoltamente ofende a Deus, todo desimpedido, mui solto, mui desenfadado, aqui há poucas esperanças do remédio, o mais provável é que se há de perder, o mais certo é que se há de condenar. Oh que arriscadas que são, católico auditório, que arriscadas que são as solturas de nossas vidas! que arriscado que vive um pecador solto! Disse Cristo (que ainda entre os cristãos tenho horror de o dizer, porém, por que não direi eu o que disse Cristo), disse que ainda dos cristãos eram mui poucos os que se haviam de salvar e que os mais deles se haviam de perder: *Multi sunt vocati, pauci vero electi*;⁶⁶ e, para Cristo explicar então a sorte dos que sendo cristãos se haviam de perder, usou da parábola de um rei que mandou atar de pés e mãos a um seu convidado – *Ligatis manibus, et pedibus mittite eum in tenebras exteriores*⁶⁷ –, de maneira que o convidado, que Deus mandou amarrar, esse representa a um cristão que se há de perder; pois por que causa representa a um condenado o pecador que Deus mandou amarrar? Oh desgraça da soltura! Notai: se, sendo ele pecador, Deus o mandou amarrar, segue-se que apareceu solto diante de Deus sendo pecador; pois, um pecador solto, que podia vir a ser, senão um condenado? Esta é a sorte dos precitos, passar a vida em solturas; e pera que se hão de conhecer aqueles muitos que ainda de entre os cristãos são precitos? Porque⁶⁸ os predestinados vivam em contínuos apertos: os justos vivem sempre atados. Vede um S. João Batista em correntes: *Ioannes in vinculis*;⁶⁹ vede um S. Pedro em cadeias: *vinctus catenis*;⁷⁰ vede um S. Paulo em prisões: *In carceribus*;⁷¹ e o que mais é, vede aquele Senhor, a suma inocência, com uma corda lançada afrontosamente ao pescoço e as mãos atadas cruelmente com aquela corda; pois, se as maiores santidades assi vivem, se as maiores santidades vivem entre prisões, como pretende um pecador salvar-se entre solturas? que dirão os homens no dia do Juízo aparecendo com soltura diante de Cristo? e Cristo com aquelas cordas por amor dos homens! a culpa solta pera ser julgada pela inocência presa! terrível tribunal! Oh como se confundirão então os pecadores! E por que nos não confundiremos agora? Aquele Senhor com as mãos atadas por nossas culpas, e nós, com tanta soltura, ofendendo àquele Senhor! a santidade em prisões, e o pecado com solturas, que matéria pera nossa confusão!

Contudo, não só tomará aquele Senhor estreita conta aos pecadores que viveram soltos, senão também aos que viveram amarrados; soltos à culpa, e amarrados à culpa, todos hão de dar a Deus mui estreita conta. Toda a ofensa de Deus é matéria de que se há de dar mui estreita conta a Deus; porém, os que vivem amarrados a seus vícios hão de dar conta a Deus muito mais estreita: que lástima, que confusão será, no dia do Juízo, ouvir o ruído das cadeias e o estrondo das correntes de todos aqueles que, vivendo neste mundo amarrados a suas inclinações, no outro mundo aparecerão amarrados! Oh que se verá naquele último dia! Os excomungados e ligados com censuras virão arrastando cadeias; os blasfemos e perjuros trarão mordaças; os homicidas, algemas; os sensuais, peias; e os difamadores, correntes; os concubinários, grilhões; os adúlteros, esporas; os ladrões, baraços; os murmuradores, pegas: que estrondos, que ruído, que confusão! Eis todos perante o tribunal divino: pecadores desgraçados; e que prisões são essas: não vos pus todos em liberdade, quando a mim me ataram estas mãos? pois como vos vejo agora sem liberdade: não bastava cometer as culpas, senão admitir as prisões! Ah, fiéis, que não sei que resposta[72] podem dar a Deus os prisioneiros do pecado; que criando-nos Deus em nosso livre-alvedrio, que sendo nós senhores de nossa própria liberdade (ainda a respeito do mesmo Deus), que cativemos nossa vontade ao apetite, ao pecado, e ao demônio; que caia um homem em uma ocasião de pecado, desculpa tem em sua fraqueza; mas que viva amarrado à ocasião, que desculpa tem? não é senhor de sua vontade, por que se não solta? não tem livre-alvedrio, por que se não desembaraça? a maior lástima é que, sendo a confissão o lugar onde se deixam estes grilhões, sendo a confissão o lugar onde se soltam estas cadeias, tornam muitos com as mesmas cadeias da própria confissão: fiéis, desenganemo-nos, quem não leva da confissão um propósito e uma resolução mui firme de não continuar no pecado não se confessou, vai ligado com as mesmas culpas, leva arrastando as mesmas prisões; e quem vive amarrado desta sorte, amarrado há de aparecer no tribunal divino; triste daquele que lá aparecer amarrado, *Vae homini illi*;[73] se cá nesta vida lhe parecem doces estas prisões, alguma hora há de morrer, pois lá lhe achará o engano na outra vida, assi o disse Salomão:[74] *Iniquitates suae capiunt impium, et funibus peccatorum suorum constringitur, ipse morietur, et in multitudine stultitiae suae decipietur.*[75]

Pecaram os anjos e, sendo chamados a juízo, foram logo condenados; pecou o homem e, sendo no paraíso terreal chamado a juízo, deu suas desculpas, e obrigou-se o Filho de Deus a dar-lhe o remédio; agora pregunto: assim como o Verbo divino encarnado remiu o gênero humano, por que não remiu também a natureza angélica? por que causa foram logo condenados os anjos sendo chamados a juízo? Grande confirmação do que digo: a natureza dos homens é mudável e, assi como comete a culpa, pode também deixar o pecado, por isso tratou Deus de seu remédio; porém, os anjos, como são tão apreensivos e amarrados à sua opinião, não haviam de emendar-se; ali ferraram[76] onde caíram, cometeram o pecado, e ali se amarraram; pois natureza tão amarrada ao pecado, perder-lhe as esperanças ao remédio, sendo chamada a juízo, há de sair condenada. Ah, cristãos, e que desgraça será dar a mesma causa pera correr a mesma fortuna: o pecar será de homens, mas o amarrar ao pecado é de demônios; e será bem que lhe sigamos a sorte, que triste sorte, pois lhe imitamos a natureza. Em resolução, fiéis, já que como homens pecamos, emendemo-nos como homens; rompam-se as prisões, desatem-se as cordas, deixemos alguma hora de viver atados à culpa, pois que por nossa culpa está aquele Senhor atado; antes que nos resolvamos[77] em terra, resolvamo-nos, porque se nos resolvermos firmemente a não continuar no pecado, eu vos asseguro que aquele Senhor vos conceda[78] facilmente o perdão.

Não advertis, naquela imagem sagrada, como o divino amor lhe tem atadas as mãos? não advertis como não tem mãos pera o castigo? Vistas nossas culpas, parece que estava resoluta a divina justiça a tomar delas vingança; porém, ordena o amor que as não castigue, e, posto que nossas culpas são tantas e tão grandes, contudo rendeu-se finalmente Cristo e cruzou os braços a seu amor, parece que dizendo-lhe desta sorte: aqui me tens rendido, mas rendido por amoroso; só a ti cruzaria os braços; desculpe-me quem me vir rendido pelo que tenho de amante; quem, conhecendo o valor de meus braços, me vir com os braços cruzados não se admire, porque o mesmo amor que me há de pôr os braços em uma Cruz, esse me pôs em cruz estes braços, esse me tem os braços cruzados! Oh meu Jesus da minha alma! Ora cheguemo-nos, almas cristãs; enquanto aquele Senhor tem as mãos atadas, aproveitemo-nos da ocasião: lancemos mão daquela corda e sairemos do labirinto de nossas culpas, atemo-nos com aquelas prisões e refrearemos a soltura de nossas vidas. Oh meu amantíssimo Jesus, divino prisioneiro de amor! Oh José preso pera nossa redenção! Oh Isaac atado pera o sacrifício! Oh Sol divino, que, pera ilustrar nossas almas, atado às zonas de nosso amor, dais voltas a um e outro hemisfério; que justo fora que, atadas nossas mãos, se soltassem nossas lágrimas; mas, para que as lágrimas se soltem, soltai a capa, Senhor! Ah meu Deus! Oh que espedaçado que estais meu doce Jesus! Oh dulcíssimo instrumento onde o amor pôs tantas cordas pera imprimir tantos rasgos! Oh divino enfermo do amor, agora entendo que o amor vos atava os braços pera tirar-vos o sangue! Oh meu Deus e meu Senhor, quando vosso amor dispunha tão fortes ataduras, quem duvida que já traçava tão copiosas sangrias! Oh cristãos, depois de considerar as cordas das mãos, vede as correntes de sangue; porventura que, se não vos abalaram as cordas, vos movam as correntes, mova-vos o sangue que se soltou; se os braços atados vos não moveram, se vos não moveram juntos todos os fios das cordas, mova-vos aquele sangue correndo em fio. Oh meu amantíssimo Jesus, tão apertado das mãos, e tão liberal do sangue? nas mãos tantos apertos, no sangue tanta largueza; mas, sendo vós entre essas cordas todo o nosso coração, quem ignora que havíeis de dispender esse sangue para alentar nossa vida! Oh meu Deus e vida minha: *funes ceciderunt in praeclaris*,[79] essas cordas de vossas mãos vinham caindo pera nosso remédio, porque nos estavam prometendo as abundâncias desse sangue! Oh quem nunca vos ofendera, meu Deus de meu coração; mas vós com prisões, e nós com solturas! Oh quanto me pesa de haver-vos ofendido! e já, pois, Senhor, já que pera sermos perdoados temos tantas prendas nessas prisões, perdoai-nos, meu bom Jesus, enquanto não tendes mãos pera o castigo; concedei-nos, Senhor, o perdão; perdão, meu Deus da minha alma; misericórdia, Senhor, pera que com vossa misericórdia alcancemos a graça. *Amen*.

Prática IV

Da Cana

Ecce Homo. Joann.19.

Só desta vez parece que [não][80] veremos a Cristo amoroso, porque a insígnia que hoje hei de ponderar o representa todo severo: hei hoje de ponderar aquela cana que tem o Senhor nas mãos, que, com ser tão leve, tem muito que ponderar; e, posto que a puseram na mão de Cristo com título de cetro, contudo, daquela cana disse engenhosamente S. Jerônimo que era a pena com que Cristo escrevia nossas culpas, *Calamum tenebat in manu: ut sacrilegium scriberet peccatorum;*[81] mas, a meu intento, disse S. Agostinho que aquela cana de Cristo era a vara de sua justiça, *Dum arundinem imponunt virgam tradunt, et judicem profitentur.*[82] E, ou seja pena pera escrever as culpas, ou seja vara pera executar a pena, segue-se que aquela cana, sendo por ludíbrio insígnia de Cristo enquanto rei,[83] é por mistério insígnia de Cristo enquanto juiz; logo, parece que não veremos hoje a Cristo amante, senão todo rigoroso. Ora, com isto se representar assim, também hoje havemos de ver a Cristo não só rigoroso, mas também amante, porque, posto que aquela vara seja insígnia de Cristo enquanto juiz, contudo ainda está Cristo mui humano, porque aquela cana é insígnia de Cristo enquanto homem: *Ecce Homo*. Viu Isaías a vara alçada de Cristo, *Egredietur virga de radice Iesse*;[84] e viu que juntamente com a vara nascia uma flor, *Et flos de radice ejus ascendet*;[85] parece que não condiz o rigor da vara com a suavidade da flor, unidos tão distantes extremos, rigor, e suavidade; mas o caso é que a vara que viu Isaías não era vara de Cristo enquanto Deus, senão enquanto homem, enquanto homem descendente de Jessé, *de radice Iesse*; e a vara de Cristo enquanto homem de tal maneira traz consigo o rigor que leva de mistura a suavidade; antes é tão piedosa que, ameaçando castigos, brota em flores, *Et flos de radice ejus ascendet*; pois, se a vara de Cristo é tão piedosa, que muito que diga eu que naquela cana encerra Cristo sua misericórdia, posto que seja a vara de sua justiça, especialmente quando é a vara da justiça de Cristo enquanto homem: *Ecce Homo*.

Pera melhor entendermos a brandura e suavidade daquela vara, pregunto assi: *Quid existis videre, arundinem vento agitatam*,[86] que é o que vedes naquela vara, uma cana que com o vento se move; com o vento de nossos suspiros se move aquela cana; notem, não diz que com os ventos se move, mas fala em singular, diz que se move com o vento, *vento agitatam*, com um só suspiro se move aquela vara, a um só gemido se dobra, e que maior brandura! Vivia castigado o povo hebreu, mas abrandou-se finalmente a divina justiça e tratou com Moisés de seu remédio; porém, por que causa se abrandou, *Audivi gemitum filiorum Israel*,[87] porque ouviu um gemido dos filhos de Israel; se dissera o Senhor que movido dos muitos suspiros do povo se abrandara, não era muito; mas que, estando ofendido de todo o povo de Israel, não ouvisse mais que um só suspiro em todo o povo e que, contudo, se abrandasse a um só suspiro, *audivi gemitum*, essa é a brandura da vara da justiça de Deus; é Deus tão misericordioso que a um só gemido que deu um pecador se abranda sua justiça, por isso a vara de Cristo é uma cana que com o vento de um só suspiro se dobra, a um sopro de vento se abala, *Arundinem vento agitatam*; com ser tão reta a vara de Cristo, não há vara que mais facilmente se dobre; as varas das justiças do mundo não se dobram, senão com os muitos pesos; porém, a vara de Cristo dobra-se com um só pesar; as varas das justiças do mundo não se dobram, senão pelo que suspiram; porém, a vara de Cristo com um só suspiro se dobra; e vara que se dobra tão facilmente, que maior brandura de vara, mas que maior prova de amor? Ali naquela[88] vara se vê acreditado o amor e desacreditada a justiça; vê-se ali desacreditada a justiça, pois tão facilmente se dobra aquela vara; por isso o amor de Cristo lhe deu por vara aquela cana pera significar-nos que aquela vara é de sua justiça: por dentro é um pouco de ar, por fora tudo folhagem; porém, neste mesmo descrédito da justiça, se vê acreditado o amor; pois puramente por crédito de seu amor desatende Cristo ao menoscabo de sua justiça; além de quê, mostrar brandura nas insígnias de amor é amor mui ordinário; porém, mostrar amor nos instrumentos da justiça, esse é o mais crescido amor; que Cristo se nos mostre amante nas insígnias de seu amor, que muito vem a ser; mas que naquela cana, que na vara de sua justiça se nos mostre brando e amoroso, grande amor, grande ternura.

 Entrou a rainha Ester a falar a el-rei Assuero e, indignado sumamente o rei, caiu desmaiada a rainha, *Cumque furorem pectoris indicasset Regina corruit*;[89] levantou-a[90] logo nos braços, compadecido, o rei e, depondo ou a cólera ou a majestade, a animou com palavras mais ternas, que lhe ensinou o amor e lhe ditou a piedade: *Sustentans eam ulnis suis, verbis blandiebatur*;⁹¹ porém, duvidosa inda Ester do amor de Assuero, continuou desmaiada; que faria neste caso Assuero, que faria pera desmentir sua cólera, pera acreditar seu amor; tocou a Ester amorosamente com a vara de seu império, e aqui perdeu Ester o temor, aqui acabou o desmaio, *Tulit auream virgam, et posuit super collum ejus, quae respondit*.⁹² Quem tal cuidara: quando Assuero a sustenta amorosamente nos braços, quando em cada palavra lhe encarece mil finezas e em cada período lhe explica mil sentimentos, duvida Ester de seu amor, supõe que dura sua indignação; e, quando a toca com a vara de seu império, instrumento de sua justiça, então dá crédito a seu amor, e com muita razão, porque tanto excesso de cólera só podia desmentir com grande excesso de amor, e seus maiores excessos não consistem tanto nas demonstrações de amor quanto nos instrumentos da justiça; dar os favores na mesma ação dos castigos, mostrar amor na vara de justiça, é o maior excesso de amor, e a razão é porque a brandura do amor é repugnante ao rigor da justiça, e pera vencer esta repugnância, pera dar indícios de amor nas mesmas isenções da justiça, quem duvida que é necessário grande excesso de amor; logo, bem dizia eu que os maiores excessos de amor consistem nos mesmos instrumentos da justiça, por isso tornou em si, por isso não duvidou Ester de que já estivesse amoroso Assuero, quando na vara de sua justiça lhe deu mostras de seu amor: *Tulit virgam auream, et posuit super collum ejus, quae respondit ei*.⁹³

É a vara de Assuero mui semelhante àquela cana de Cristo, porque assim como a vara de Assuero de tal sorte era vara, que lhe servia de cetro, *tange sceptrum*,⁹⁴ assi também aquela cana de Cristo de tal maneira é cetro, que lhe serve de vara, *Virgam tradunt, et judicem profitentur*;⁹⁵ pois assi como o amor de Assuero se media pela vara de sua justiça, assi também por aquela vara de Cristo se regula o extremo de seu amor; e que bem, amorosíssimo Jesus, que bem se mede pela brandura dessa vara a grandeza de vosso amor! Viu o vosso discípulo mais amado que com uma vara de cana medíeis a grandeza dessa glória, *Habebat mensuram arundineam, ut metiretur civitatem*;⁹⁶ porém, com licença vossa, melhor se mede por essa cana a grandeza de vosso amor que a grandeza de vosso reino; porque pera medir-se bem qualquer grandeza, deve medir-se como em si é na verdade; porque sendo em si tão grande, com esse cetro de cana fica bem diminuído, logo não se mede bem vosso reino por essa cana; pelo contrário, vosso amor, medido por essa cana, mostra na verdade o que é, porque se vosso amor é grande medido pela afronta dessa cana, mostra que é grande amor; logo, bem se mede vosso amor por essa cana. E que por crédito de vosso amor quisésseis, meu Deus, ver menos acreditado, e menos reputada vossa justiça, que assim se infame com a fragilidade desse cetro a firmeza de vosso reino, que assim se desminta com a brandura dessa vara a retidão de vossa justiça! Mas ai, Senhor, e se não fora tão branda a vara de vossa justiça, quem se pudera livrar da execução dessa vara? Todas nossas esperanças se fundam nesses verdores, e sustentando-vos esses verdores, bem fundadas estão todas nossas esperanças; se na brandura dessa cana consiste o remédio de nossa dureza, estando em vossa mão a brandura dessa vara, claro está que em vossa mão está todo o nosso remédio. Oh tende mão, Senhor, em vossos rigores, pois tendes as branduras tanto à mão; supra vosso amor, onde faltar nosso merecimento, e onde mais crescer a obstinação de nossas culpas, aí resulte a grandeza de vossas misericórdias.

Porém, fiéis, não sei se tomamos ocasião daquela brandura pera continuar em nossa obstinação, pois adverti que aquela vara, posto que seja tão branda, contudo é vara; a cana é tão estéril que não dá flores nem frutos; mas, não obstante sua esterilidade, ali está o amor de Cristo mui florente – e que será se depois das flores não colher frutos? Se Cristo não tirar algum fruto nem da suavidade de seu amor, nem da brandura daquela cana, se aquela cana foi tão infrutuosa por nossa negligência, como é por sua natureza, que será? Eu dizia que o amor de Cristo fizera com que aquela vara fosse tudo folhagem e tudo vento; mas que será se nossas culpas fizerem com que aquela brandura seja tudo vento e tudo folhagem? Lá mandava dizer a Ezequias o rei dos assírios que se não fiasse em bordão de cana, *Ecce confides super baculum arundineum*;[97] e isso por que razão? por que a cana é mui enganosa? pode quebrar-se facilmente, e se inteira serve de arrimo, quebrada servirá de lástima, que as farpas serviram[98] de setas, e de lanças, as astilhas; *Super quem si incubuerit homo, comminuta, egredietur manus ejus, et perforabit eam.*[99] O mesmo digo eu agora a todo este católico auditório: que nos não estribemos tanto na brandura daquela cana, porque na mesma brandura está o princípio de sua fragilidade; não façamos tanto fundamento nas branduras da divina misericórdia, que a essas finezas multipliquemos os pecados, porque, com o muito peso de nossos pecados, pode facilmente quebrar aquela cana; facilmente pode faltar aquela brandura, e, servindo-nos agora de arrimo, será o princípio de nossa destruição. Quiseram os antigos pintar a justiça mais rigorosa, e pintaram um cetro com olhos, aí não há cetro que tenha olhos, senão a cana de Cristo; pois estai certos que na brandura daquela cana está o maior rigor da justiça. Serpentes disse Cristo que eram os pecadores: *Genimina viperarum.*[100] A cana disse

Plínio que tinha virtude contra as serpentes; pois estai certos que toda a virtude daquela cana se arma contra os pecadores.

Aquela vara tem dous extremos, tem princípio e fim: no princípio encontraremos o maior extremo de suavidade; porém, no fim acharemos o maior extremo de rigor. Quando lá Isaías viu que nascia a flor com a vara de Cristo, viu a flor ao pé da vara, *Et flos de radice ejus ascendet*;[101] as flores não brotam nas pontas das varas? como ao pé desta vara nasce a flor? Não vedes que era a vara da justiça de Cristo? Pois por isso nasce a flor não na ponta, senão ao pé da vara; porque a vara da justiça de Cristo acaba em vara se começa em flor, e, se agora lhe achamos a suavidade de flor, no cabo lhe acharemos o rigor da vara. Aquela esponja de fel e vinagre que deram a beber a Cristo, puseram-na em uma ponta de uma cana: *Acceptam spongiam implevit aceto, et imposuit arundini*.[102] Por força havia de ir o fel e vinagre na ponta de uma vara? Si, e com grande mistério, porque a cana de Cristo costuma rematar-se com fel e vinagre; começa em suavidades, acaba em amarguras. Ah fiéis, e como lhe acharemos as amarguras no cabo! Se fiados na brandura daquela vara multiplicamos as culpas, aquela mesma vara a que Cristo avinculou suas misericórdias há de ser instrumento mais rigoroso de suas vinganças; e tanto mais cruelmente há de executar as vinganças quanto mais amorosamente dispensa as misericórdias. Representou Deus o dia do Juízo a São João e, entrando em juízo, mandou que lhe entregassem uma cana, que lhe servia de vara, e que com ela medisse a todos que estavam no templo: *Datus est mihi calamus similis virgae, et dictum est mihi; metire Templum, et adorantes in eo*.[103] A vara de justiça feita vara de medir? e por que causa no dia do Juízo se hão de medir os homens por uma cana? Ora, notai: aquela cana tinha o rigor de vara, e aquela vara tinha a brandura de cana, *Calamus similis virgae*; e porque no dia do Juízo se hão de medir os rigores pelas branduras, por isso se hão de medir os homens por uma cana que seja vara, *Datus est mihi calamus similis virgae, et dictum est mihi: metire templum, et adorantes in eo.* Oh que rigorosa medição nos espera a todos! todos os que estamos neste templo havemos de ser medidos por aquela cana! porque pelas branduras daquela cana se hão de medir os rigores daquela vara; os rigores hão de ser à medida das branduras; à medida das piedades se hão de executar as vinganças, porque no tribunal divino tanto mais severa há de ser sua justiça quanto mais liberal foi sua misericórdia.

Será chamado a juízo (quero começar por mim), será chamado a juízo o religioso, o sacerdote: dá conta de teu estado – reduzi-te da confusão do mundo pera o sossego da religião, comuniquei-te o claro conhecimento do que é Deus e do que é o mundo, pus-te no caminho mais seguro da glória, dei-te os auxílios mais proporcionados à tua salvação – e como correspondestes a tanta misericórdia? Será chamado a juízo o monarca, o príncipe, o senhor: sendo igual a todos por natureza, eu te fiz a todos superior por dignidade – como me agradeceste este benefício? Será chamado a juízo o que possuía muitas riquezas, o que logrou muitos anos, e, assim, por esta ordem, todos os que receberam especiais benefícios da mão de Deus! a juízo, todos a juízo! A ti te dei as riquezas que possuíste, vivendo tantos vizinhos teus em pobreza; a ti te dei tão largos anos de vida, quando tantas flores se cortaram em sua primavera; a ti te livrei desta, daquela doença, quando aquele outro acabou da mesma enfermidade; a ti livrei da justiça; a ti, de um perigo; a ti, de um naufrágio; a ti dei a fazenda; a ti, a saúde; a ti, a sabedoria; e, finalmente, a vós todos dei o conhecimento de minha fé, quando por falta deste benefício se condenaram tantos hereges e se perdem tantos bárbaros – e como correspondestes todos a tantos benefícios? Quando todas estas mercês vos haviam de pôr em maior obrigação pera me servirdes, daí mesmo tirastes matéria pera me ofenderdes; da riqueza, do valor, da saúde, da dignidade tomastes ocasião pera maiores ofensas, quando o haviam de ser pera maiores serviços; e assim se pagam os favores, os benefícios assim se correspondem; pois à medida das mercês se executam as penas; e os castigos, à medida das misericórdias. Oh quantos estimarão não ter gozado nesta vida tantas felicidades, por não ter tanto de que dar conta na outra vida.

Pois quando assim se nos há de tomar conta da misericórdia de Deus a respeito de nossas pessoas, que conta daremos a Deus de sua misericórdia a respeito de nossas culpas? Não sei qual de nós deixará de sair culpado, quando pelas folhas daquela cana nos correm a todos a folha: na cana tanta brandura, e em nós tanta dureza! Deus a sofrer, e nós a pecar; quanto mais espera o sofrimento divino, tanto mais se arroja o desaforo humano. Ora, dai conta a Deus de seu sofrimento, de vos ter tanto tempo esperado, e de vós com tanto tempo vos não terdes arrependido; dai conta a Deus de tomar ocasião de sua misericórdia pera não temer sua justiça! A justiça ofendida, a misericórdia agravada! Oh como temo que aquelas folhas da cana venham a ser folhas de espada; naquele dia se hão de confederar a justiça e a misericórdia, *Iustitia, et pax osculatae sunt*;[104] e pera onde apelaremos da justiça, estando também ofendida a misericórdia? Oh não irritemos a divina paciência: Deus a dissimular conosco um dia, e outro dia, e daí tomamos alento pera continuar um ano, e outro ano; o que havia de ser matéria pera nosso agradecimento há de ser ocasião pera nossa temeridade? pois estai certos que naquele dia do Juízo há de servir a Deus seu sofrimento pera a justificação de seu castigo. Pecou Davi o pecado do adultério, e Deus não o castigou sobre o adultério; cometeu um homicídio, e então o castigou Deus; pois a que fim, pera Deus castigar a Davi, espera que cometa um pecado sobre outro pecado? Sabem pera que, pera no dia do Juízo justificar a razão com que lhe deu o castigo; assi o disse o mesmo Davi, *Tibi soli peccavi, et malum coram te feci; ut justificeris in sermonibus tuis, et vincas cum judicaris: tibi soli peccavi*;[105] eis aqui o primeiro pecado do adultério; *et malum coram te feci*; eis aqui o segundo pecado do homicídio; e de Deus permitir sobre um pecado outro pecado, que se havia de seguir? Deus em sua sentença justificado, *Ut justificeris in sermonibus tuis*; e Davi no dia do Juízo vencido, *Et vincas cum judicaris*. Assi permite agora a misericórdia divina que sobre um pecado se cometam outros; mas enquanto nós cá[106] estamos tomando ocasião da misericórdia de Deus pera multiplicar os pecados, da mesma misericórdia está lá Deus fazendo matéria pera justificar os castigos; no dia do Juízo seremos todos medidos por aquela cana de Cristo; e então veremos que se há de medir o rigor da vara pela brandura da cana; então veremos que a medida da misericórdia há de ser a execução da justiça; não quero dizer com isto que não fundemos nossas esperanças na divina misericórdia, porém com esta distinção: quem depois de pecar se funda na misericórdia divina, funda-se bem; mas quem se funda na misericórdia divina pera pecar, mal se funda; funda-se mal quem na misericórdia divina se funda pera pecar, porque fazendo da misericórdia ocasião pera o pecado ofende a mesma misericórdia; funda-se bem quem depois de pecar apela pera a divina misericórdia, porque é parte de lisonja solicitar o perdão da misericórdia divina. Pelo que, enquanto aquele Senhor está tão misericordioso, cheguemos, almas cristãs, cheguemo-nos a pedir o perdão das culpas cometidas, que na brandura daquela cana tem Deus avinculado sua misericórdia.

Oh meu amantíssimo Jesus, e como em um sujeito uniste tão opostos extremos? na vara da justiça a brandura da misericórdia, no cetro a ignomínia, na fragilidade dessa cana a firmeza de vosso amor! Oh quem se aproveitara da brandura dessa cana pera não sentir o rigor dessa vara, quem conhecera bem o benefício de tanta misericórdia pera não ofender vossa justiça, quem conhecera bem a grandeza de vosso amor pera não irritar vossa indignação! Mas, ah meu Deus, que porque não conhecemos bem o excesso de vosso amor, por isso vos ofendemos com tantos excessos! Pois descobri, Senhor, descobri as chagas que por nós padecestes, em elas veremos o quanto nos amastes! Oh meu Deus do meu coração, aquele cetro de cana não só foi instrumento pera afrontar-vos, senão também pera ferir-vos, *Percutiebant caput ejus arundine.*[107] Pois claro está que, vendo-vos com a cana, vos havíamos de ver ferido, depois de vos ver afrontado! Ah Senhor, que se a vara em vossa mão promete branduras, as varas em vossos ombros executam rigores; se de uma pedra tirou uma vara rios de água, de vossos ombros tiraram as varas rios de sangue! Oh que bem se seguem golpes de sangue a golpes de varas; mas, ó que melhor se seguirão rios de lágrimas a rios de sangue! Oh lavemos, fiéis, aquele sangue com nossas lágrimas, pois aquele sangue se derrama pera lavar nossas culpas; as canas movem-se com água, *Moveri solet arundo in aqua,*[108] pois haja lágrimas pera lavar aquele sangue, e moveremos aquela cana com água de nossas lágrimas; a cana abranda-se com o vento, *Arundinem vento agitatam,* pois haja suspiros pera sentir nossas culpas, e abrandaremos aquela[109] cana com o vento de nossos suspiros! Oh meu Deus, e meu Jesus, quem nunca vos ofendera mais;

pois vos temos ofendido, pois estais tão amoroso, perdão meu Deus de minha alma, misericórdia, Senhor, pera que alcancemos vossa graça, penhor da glória. *Amen*.

Prática V

Das Chagas

Ecce Homo. Joann. 19.

Entre as sagradas divisas com que o Senhor apareceu no pretório de Pilatos, nenhuma o persuade mais amante, nenhuma o representa mais severo que aqueles golpes, aquelas chagas e aquele sangue; naquele sangue havemos de ver hoje o amor e a severidade de Cristo, porque também hoje o reconhecemos por juiz e fiador; pois hoje também o vemos enquanto homem: *Ecce Homo.* Notável foi a diferença de fortunas que tiveram no mar roxo os egípcios e os hebreus: aos hebreus concedeu o mar liberal passagem, todos a pé enxuto chegaram a salvamento; e os egípcios? naufragaram todos; pois no mesmo mar (e o que mais é), na mesma maré, uns se perdem, outros se salvam! O mesmo mar serve a uns de túmulo e a outros de muralha? Si, porque o mar vermelho era uma representação do sangue de Cristo, e o sangue de Cristo é juntamente benigno e rigoroso; pera uns é mar bonança e pera outros tormenta; a uns serve de naufrágio e a outros de salvação; de cada golpe daqueles que padeceu o Senhor brotava um rio de sangue; e de tantos, e tão cruentos, e tão caudalosos rios, que se havia de formar, senão um mar vermelho! Por este mar de sangue de Cristo, pertendemos[110] todos o porto da salvação; porém, neste mesmo mar, se salvam uns, e se perdem outros, que as ondas a uns ajudam e a outros soçobram; e a razão é porque, como este mar verdadeiramente sagrado é o sangue da Paixão de Cristo, nele mostra Cristo muita paixão; pera uns é apaixonado de amante; pera outros, de colérico; e como Cristo assi avinculou a seu sangue seu amor e sua ira, por isso igualmente favorece e castiga com seu sangue; por isso naquele mar de sangue se salvaram uns, e se perderam outros; porém, pera que procedamos com maior distinção, vejamos por si cada qual das partes.

Primeiramente, com aquelas feridas representa Cristo o quanto nos ama, porque com elas nos explica o quanto por nós padeceu. É o amor um ato imanente, e como os atos imanentes se padecem na alma, quando se produzem, segue-se que quem ama necessariamente padece; logo, bem explica Cristo, naquelas chagas, que padece os excessos com que nos ama; bem explica, porque são sinônimos amar e padecer, que quem não padece não ama; e tanto mais firmemente se ama, quanto mais rigorosamente se padece. Pintou a Antiguidade ao amor com asas; porém, parece da primeira vista que saiu errada a pintura; o amor pera verdadeiro não há de ser firme? pois como se pinta o amor volante? Eu imagino que deram asas ao amor, não porque lhe estejam bem os vôos, senão porque lhe acomodam bem as penas; amor com penas, este é verdadeiro amor; mas as penas não lhe servem tanto de asas pera voar quanto lhe dão maiores asas pera crescer; porque, sendo o amor um generoso sentimento da alma, visto está que tanto mais cresce o amor quanto mais se apura o sentimento. Pois se Cristo naquele sangue, naquelas feridas, representa o quanto por nós padeceu, que muito que diga eu que com elas explica o quanto nos ama! assaz com aquele sangue exagera seu amor, pois com ele encarece sua pena; assaz acredita suas finezas, quando com letras de sangue escreve seus sentimentos.

São aquelas chagas de Cristo ou bocas, ou sangrias, ou respiradouros de seu amor; tinha Cristo o coração tão abrasado, tantos incêndios sentia no coração, que parece encerrava no peito novo Etna, novo Mongibello;[111] e, pera que tanto fogo não arrebentasse dentro em si mesmo, foi força rasgar aquelas aberturas por onde o coração respirasse; tanto incêndio no coração necessariamente causou febre, e foi a febre contínua, porque foi o amor constante; pois, a tão intensa febre, quem duvida que se havia de seguir toda aquela multidão, ou de sangrias, ou de sarjaduras! Certo está que aquelas chagas servem de desafogo ao amor de Cristo; logo, certo está que seu amor se descobre por aquelas chagas; tantos excessos de amor não podiam explicar-se por uma só boca, por isso foi necessário que em cinco mil chagas se abrissem cinco mil bocas pera explicar tantos excessos; de bocas lhe servem a Cristo aquelas chagas, que em corrente estilo das veias, em fluidas[112] eloquências de sangue muda-se, mas encarecidamente persuadem os excessos de seu amor.

Saiu a alma santa em busca do divino Esposo, mas encontrando as guardas da cidade, diz o Texto que a despiram, açoutaram e feriram; vendo-se ela assi tão maltratada, convocou as amigas que mais queria e disse-lhes desta sorte: *Invenerunt me custodes, qui circumeunt civitatem, percusserunt me, vulneraverunt me, tulerunt pallium meum: adjuro vos filiae Hyerusalem, si inveneritis dilectum*[113] *meum, ut nuntietis ei, quia amore langueo.*[114] Quer dizer: donzelas de Sião, a mim me despiram, eu estou açoutada e ferida, peço-vos que, se encontrardes a meu querido Esposo, lhe deis conta de meu estado, dizei-lhe que se desengane já, que acabe de dar crédito a meu amor, pois por sua causa me açoutaram e por seu respeito me feriram; de maneira que se presentou chagada pera se encarecer amante, fez ostentação das chagas do corpo pera solicitar créditos à chaga do coração, e representou a dor de suas feridas, *vulneraverunt me*, pera qualificar as verdades de seu amor, *amore langueo*; verdadeiramente que eu acho mui ajustado este argumento da alma santa, porque o amor costuma significar-se em metáfora de ferida; ferida lhe chamou o poeta, *vulnus alit venis*,[115] mas porque este amor é o profano, também se chama ferida o amor divino, *vulnerasti cor meum*;[116] por isso ao amor lhe deram setas com que ferir, porque o ferir é todo o empenho do amor, e é força que ande ferido quem vive amante; logo, com muita razão, a alma santa, para se encarecer amante, *amore langueo*, se representou ferida, *vulneraverunt me*. Porém este mesmo argumento que fez a alma santa de seu amor pera com Cristo pôde com muita mais razão fazer Cristo de seu amor pera com nossas almas? Oh que justo e que amorosamente nos está dizendo aquele Senhor chagado, *amore langueo*; almas devotas, a quem tanto número de chagas pode ter enternecidas, assaz desmaiado me vedes, debilitadas as forças e perdidos os alentos; porém, não imagineis que estou desmaiado tanto por exausto de sangue quanto por ferido de amor, *amore langueo*; por vosso amor me despiram, *tulerunt pallium meum*; por vosso amor me afrontaram, *percusserunt me*; por vosso amor me feriram, *vulneraverunt me*; pois acabai já de confessar que tenho amor: *dicite quia amore langueo*.[117] Pois quem deixará de dar crédito ao amor de Cristo, quando com a vista de tantas chagas solicita crédito a seu amor? Os escritos e os créditos firmados com o próprio sangue fazem fé indubitável;

pois se Cristo com o seu próprio sangue firma o crédito de seu amor, quem deixará de lhe dar crédito? Com cinco chagas apareceu Cristo a Tomé, e logo Tomé lhe penetrou os segredos do coração, *Mitte manum tuam in latus meum*;[118] e quem duvida que por aquelas chagas podemos nós penetrar os afetos do coração de Cristo! A Tomé mostrou Cristo cinco chagas; porém a nós, cinco mil; pois se a Tomé se mostrou amoroso com cinco chagas, quem duvida que com cinco mil chagas se mostrará mais amoroso! É verdade que pera com Tomé requintou Cristo sua afeição, que por isso lhe disse amores em cinco chagas; porém, por cada um dos amores que disse a Tomé, em cada uma das chagas nos diz a nós mil amores; por isso, se mostrou cinco chagas a Tomé, a nós nos representa cinco mil chagas. Oh meu chagado! oh meu amantíssimo Jesus, que amores nos dizeis por tão repetidas bocas; mas, oh meu Deus, como estais pera vos dizer amores, nunca vosso amor me pareceu nem mais nobre, nem mais liberal; agora me parece mais liberal, pois chega a dar o próprio sangue das veias; agora me parece mais nobre, porque agora vejo que tem sangue; nunca vosso amor me pareceu nem mais valente, nem mais entendido; nunca mais entendido, porque além de o ter entendido agora, agora que por tantas bocas me fala me parece mais bem falante, agora que me representa as mais agudas dores, agora cuido me diz as maiores agudezas; nunca mais valente, porque sendo as feridas crédito da valentia, são abonos de vosso amor; valente amor o que assim se adorna com feridas! Na coluna que foi baliza de seus trabalhos, pôs Hércules o *non plus ultra*[119] de seu esforço; na coluna em que padeceste esses golpes, pôde vosso esforço escrever o *non plus ultra* de vosso amor. Oh meu Deus do meu coração, que lastimado, que ferido, que despedaçado que estais; mas assi, Senhor, assi lastimado vos quero, assi ferido vos amo, assi despedaçado vos adoro; busquem outros vossas glórias, que eu adoro vossas chagas; agora vos quero eu mais amar, quando estais menos pera ver, que agora me pareceis mais gentilmente vestido, quando vos vejo mais miudamente golpeado; mas, ah Senhor, e que justo fora[120] que aos golpes que se deram em vosso corpo responderam[121] os ecos em nossas almas; e que bem corresponderam[122] a golpes de sentimento ecos de compaixão; mas, já que não sabemos nós compadecer-nos, vós, Senhor, vos compadecei de nós; não permitais, meu Deus, que esse sangue se malogre; não permitais que se percam os que vós remiste com esse precioso sangue, que esse tesouro é de muito valor e a melhor moeda que corre. Não é justo que abranja o mortal castigo àquelas almas, cujas portas esmaltou o sangue do mais inocente Cordeiro. Adverti, Senhor, que vos custamos muito, por nós derramastes esse sangue, por nós padecestes essas chagas, e será contra direito que se percam e que deixem de ser vossas almas que vos custaram tanto sangue.

Mas, ah fiéis, e que lástima será que assim suceda; triste cousa será, porém possível; e o pior é que aquele mesmo sangue, que por nós derramou, esse mesmo se há de armar contra nós. O sangue dentro das veias é líquido, e mostra naturalmente brandura; porém, aquele sangue está fora das veias, e o sangue fora das veias endurece-se e perde a brandura; e o que mais é, que além de perder a brandura, nunca perde a cólera, que a cólera anda sempre de mistura com o sangue; o sangue, de entre todos os humores, é o mais vingativo, que, ao menos[123] golpe que sinta, acode a desafrontar-se o sangue, tanto que ainda depois da morte sai o sangue como a tomar vingança, se está presente quem lhe tirou a vida. Morto estava Abel, e contudo ainda seu sangue clamava por vingança, *Sanguis fratris tui clamat ad me de terra*;[124] e se tão vingativo é o sangue de um

Abel inocente, quão vingativo será o sangue do mais inocente Abel! Eu dizia que aquelas chagas eram bocas por onde Cristo nos dizia amores, e que será se forem bocas pera clamar vinganças! Cinco chagas deixou Cristo em seu corpo depois de glorioso, mas pera que deixou estas Chagas? Todos convêm em que Cristo conservou estas chagas pera por elas se mover à misericórdia; tenho contra esta piedade esta instância: o dia do Juízo não é dia de perdão, não é dia de misericórdia; e, contudo, inda nesse dia há de conservar Cristo as chagas; logo, não são as chagas de Cristo só pera motivo de perdão; pois logo de que servirão as chagas no dia do Juízo? Eu cuido que de clamar vingança; cuido que as cinco chagas no dia do Juízo hão de ser as bocas por onde aquelas cinco mil chagas se hão de queixar; ou, se não, suponhamo-nos entrados em juízo, e veremos a razão com que se queixam as chagas.

Aparecerá Cristo chagado no dia do Juízo e, entrando em contas conosco, repetirá aquela antiga queixa que formava por Isaías. Apareceu este Senhor ensangüentado a Isaías[125] e todas suas queixas fundavam em que ele só estivesse ensangüentado, *Torcular calcavi solus, et de gentibus non est vir mecum*;[126] esta mesma queixa repetirá o Senhor no dia do Juízo, e nos argüirá desta sorte: Eis aqui as chagas que padeci; e, vós, que padecestes[127] por vossas culpas? que penitências fizestes?[128] que mortificação passastes?[129] que dos cilícios? que das disciplinas? que das lágrimas? que da satisfação de tantas culpas? pois eu só ensangüentado? padecendo eu chagas, em satisfação de culpas alheias, não fizestes[130] vós penitência em satisfação de culpas próprias; tão açoutada a inocência, e a culpa tão pouco mortificada! Oh que apertado argumento; verdadeiramente, que quando considero neste ponto, quando considero que são tantas nossas culpas e tão pouca nossa penitência, eu me persuado que ou não temos juízo, ou não cremos que o há de haver; cremos que havemos de dar conta em juízo, e cometemos culpas e não fazemos penitência? Não sei complicar estes termos. Os maiores santos que houve no mundo foram aqueles espelhos da penitência a quem o temor do juízo ou fez monstros racionais ou cadáveres viventes; e se os maiores santos fizeram penitência com o temor do dia do Juízo, que se pode cuidar dos que, sendo pecadores, não fazem penitência; que se pode cuidar, senão que não temem o dia do Juízo; pois estai certos que o dia do Juízo não há de vir ao mundo, senão quando totalmente faltar a penitência. Lá disse Cristo que o dia do Juízo havia de chegar quando os homens andassem secos, *arescentibus hominibus*;[131] enquanto os homens choram suas culpas, enquanto houver lágrimas de penitência, não chegará o dia do Juízo: porque um dilúvio de fogo facilmente se apaga com um dilúvio de água; porém, em faltando as lágrimas da penitência, tanto que os homens andarem secos, chegará infalivelmente o dia do Juízo, *arescentibus hominibus*.

Por esta causa, cuido eu que todo o rigor do dia do Juízo se há de armar contra a falta da penitência; e ouçam a razão com que o fundo. No dia do Juízo há de vir Cristo a som de guerra, soará triste e estrondosa uma trombeta, a cujo horror, a cujos ecos se levantarão vivos todos os mortos; aparecerá logo um bem ordenado exército, todo em hábito de penitência, porque todo virá formado em hábito de tristezas e de horrores; até o Sol, com haver precedido tão luzidamente, virá cingido de um cilício, *tanquam saccus cilicinus*;[132] a Lua, como disciplinada, virá banhada em sangue, *Luna convertetur in sanguinem*;[133] o estandarte deste exército numeroso será o sinal-da-cruz, guião real da penitência, *tunc apparebit signum filii hominis*;[134] e se este exército todo há de militar debaixo do estandarte da penitência, se por parte da penitência há de vir este exército todo, que se há de cuidar? senão que há de fazer toda a guerra aos contrários e aos inimigos da penitência. Em confirmação desta verdade, eu me persuado, e cuido que bem; eu me persuado que a condenação eterna se não segue infalivelmente a nenhum outro pecado, senão somente à falta de penitência; fizestes os maiores pecados que se cometem no mundo, não é infalível que vos hajais de condenar; deixais de fazer penitência, haveis de ser condenado, é infalível; pera vermos esta verdade, suponhamos (como devemos supor) que a penitência essencialmente não consiste nas lágrimas, jejuns, cilícios, ou disciplinas, que estes são atos imperados, ou efeitos da penitência; a penitência consiste essencialmente em um verdadeiro arrependimento de havermos ofendido a Deus; este arrependimento é penitência das culpas, e as outras mortificações são penitência das penas, porque com as outras mortificações satisfazemos à pena, e com o arrependimento apagamos a culpa. Isto assim suposto, demos que cometa um homem os mais enormes pecados que se puderem imaginar, ainda não é infalível sua condenação, porque ainda tem o remédio na penitência; continua a vida, crescem os pecados, ainda tem o remédio na penitência, ainda não é infalível sua condenação; caiu este pecador enfermo de morte, ligado com as mesmas culpas, ainda não é certo que se haja de condenar, porque ainda se pode arrepender. Chegou finalmente aquele último instante, onde igualmente se participa o ser vivente e parecer cadáver, onde indecisamente se remata a vida e se principia a morte; aqui consiste o ponto: se aqui se arrependeu verdadeiramente de todas as culpas, salvou-se; e contudo tinha cometido as maiores culpas, como supomos? logo as maiores culpas não se seguem infalivelmente à condenação.[135] Ora, demos que este homem, em toda sua vida, não cometesse mais que um só pecado mortal, de que nunca teve arrependimento; se aqui, se neste último instante se não arrependeu, se não fez um ato verdadeiro de penitência, condenou-se; logo, segue-se a condenação infalivelmente só à falta da penitência.

E que sendo isto assi verdade, que sendo certo que nos há Deus de tomar estreita conta da penitência que fizemos, que nem façamos penitência, nem disso façamos conta, quando formos chamados perante aquele tribunal divino e nos fizerem cargo de nossas culpas, não é certo que estimáramos então haver feito mui rigorosa penitência; pois agora por que a não fazemos? não é certo que estimáramos, então, que Deus nos dera mais dous anos de vida pera fazer penitência; e por que a não fazemos agora que temos esses anos? dir-me-eis que, já que no último instante da vida basta um arrependimento, que nos arrependeremos no último instante da vida; e é bem que tenhamos toda a vida pera pecar e que esperemos pelo último instante pera nos arrepender? uma vida inteira pera o pecado, um instante indivisível pera o arrependimento; e por onde me consta a mim? por onde vos consta a vós que nos arrependeremos naquele último instante? que sabemos se nos dará lugar a enfermidade, que sabemos se nos dará a morte lugar? temos pera nos arrepender tão dilatados espaços da vida e havemos de esperar por um indivisível antes da morte? Vi a um grande pregador usar nesta matéria de uma grave comparação, e com ela quero concluir este discurso. Se a um homem, por suas culpas condenado à morte, lhe dissessem que lhe revogavam a sentença, se empregasse um tiro em uma muralha, seria bem que, tendo todo o corpo da muralha onde empregasse o tiro, fizesse a pontaria ao ponto mais superior da mais levantada ameia? não tivéramos a este homem por louco?

homem sem juízo, não vês que, por um átomo que sobrelance[136] o ponto, erraste em claro toda a pontaria? Não te vai menos que a vida em acertar o alvo, tens por alvo todo o lanço daquela estendida muralha, onde empregues o golpe seguramente, e fazes pontaria ao último ponto indivisível de uma ameia! Pois esta mesma loucura considero eu naqueles que, tendo todo o discurso da vida pera fazer penitência de suas culpas, esperam pelo último instante pera fazer penitência. Todos, por nossas culpas, estamos sentenciados à morte; esta sentença se revoga se acertarmos o ponto da penitência; temos pera este ponto todos os espaços da vida, e havemos de esperar pelo último instante da morte! naquele último instante não se acerta tão facilmente, aproveitemo-nos dos espaços da vida, e acertaremos o ponto.[137]

Agora, principalmente, que aquele Senhor, pera nos recolher a todos, tem abertas tantas portas, em tantas chagas abertas; agora que desata rios de sangue, pera lavar nossas culpas; agora é tempo de nos arrependermos, e agora é tempo de chorarmos. Cheguemo-nos, pois, almas cristãs, que aquele Sol banhado em sangue pronostica serenidades! Oh meu Jesus da minha alma! meu Deus e meu Redentor! Oh Pelicano divino, que, a dispêndio de vosso sangue, alimentais nossa vida; parece que amor vos fez aljava sua, pois mostram tantas feridas que em vós depositou todas as setas; que com tanto extremo nos ameis, que nos ameis com tanto excesso! A nós que tão ingratos somos a vossas finezas, a nós que tão mal correspondemos a vosso amor! Oh descobri, Senhor, descobri o sangue que por nós derramaste, descobri as chagas que por nós padeceste, e pelos rastos de sangue iremos dar com o coração! Oh meu Jesus da minha alma, que lastimado, que ferido, que despedaçado que estais; mas se vós, meu coração, estais tão despedaçado, quem duvida que de ver-vos se me despedaça o coração! Oh preciosíssimo tesouro de nossa redenção, preço de nossa liberdade, resgate de nossas almas, alimento de nossas vidas. Ah fiéis! vede que inundação de golpes, vede que mares de sangue, *A planta pedis usque ad verticem non est in eo sanitas*;[138] abrandar-se-á o mais duro diamante com o sangue daquele Cordeiro, só nossos corações se não abrandam! lastimem-vos aquelas chagas, enterneça-vos aquele sangue; se inocentes, lavai aquele sangue com vossas lágrimas; se pecadores, lavai vossas culpas com aquele sangue; que aquele sangue por ora não pede justiça, clama misericórdia! Oh meu bom Jesus, sentimos, Senhor, haver-vos ofendido; nunca mais, meu doce Jesus; damos em satisfação de nossas culpas essas feridas, esses golpes, todo esse sangue. Vença, Senhor, a enormidade de nossas culpas a grandeza de vosso amor; por esses membros feridos, por esse corpo despedaçado, por esse sangue, Senhor, por vossas chagas, por vossa sacratíssima paixão vos pedimos perdão de nossas culpas: perdão, meu Deus da minha alma, misericórdia, Senhor, para que alcancemos vossa graça, que é o penhor da glória: *Ad quam nos perducat, etc.*

Prática VI

E Última do Título de Homem

Ecce Homo. Joann.19.

Até agora ponderamos às divisas misteriosas daquela sagrada imagem do *Ecce Homo*, e havendo já considerado todas, só me resta agora, por último remate, tratar do título, porque também à Cruz de Cristo serviu o título de remate. O título, pois, que Pilatos deu a Cristo, em seu pretório, foi o de Homem: *Ecce Homo*. E este é o título sobre que havemos de discorrer e cujos mistérios havemos hoje de decifrar; em cada qual das insígnias daquela imagem do *Ecce Homo*, vimos até agora o amor e a severidade de Cristo; porém, por nenhum daqueles títulos devemos tanto considerar em Cristo amor e severidade quanto pelo título de Homem. Um Deus feito homem? Muito há aqui que esperar, mas muito há que temer; há muito que esperar, porque Cristo enquanto homem é mui benigno; há muito que temer, porque Cristo enquanto homem é mui rigoroso. Lá viu S. João a Cristo enquanto homem, e viu em forma de Cordeiro, *Agnus qui occisus est*;[139] e contudo o mesmo S. João o tornou a ver também enquanto homem, e viu em forma de Leão,

Leo de tribu Iuda;¹⁴⁰ de maneira que Cristo enquanto homem é mui composto de mansidão e ferocidade. Ora o vereis com mansidão de Cordeiro, ora com a ferocidade de Leão; aquele mesmo Senhor algum dia há de ser, pera castigar-nos, Leão, *Ecce Leo ascendet*,¹⁴¹ se agora, para perdoar-nos, é Cordeiro, *Ecce agnus Dei*;¹⁴² porque aquele Senhor tem natureza de homem, *Ecce Homo*. Por isso, quando o mundo viu ao Verbo divino feito homem, *Verbum caro factum est*,¹⁴³ viu juntamente graças e verdades, *Plenum gratiae, et veritatis*,¹⁴⁴ porque Cristo enquanto homem comunica graças e examina verdades; comunica graças como amante, e examina verdades como julgador, porque ser amante, e ser julgador, são as propriedades de Cristo enquanto homem. Ora vejamos uma, e outra cousa.

Primeiramente, digo que Cristo, enquanto homem, nos mostra grandíssimo amor, porque totalmente foi obra do amor fazer-se homem! Deus fez-se homem no mistério da Encarnação, e o mistério da Encarnação de quem foi obra? claro está que foi obra do Espírito Santo, *Spiritus Sanctus superveniet in te*;¹⁴⁵ e por que havia o Espírito Santo de obrar a Encarnação? porque a Encarnação é mistério em que Deus se fez homem; o Espírito Santo é o amor pessoal de Deus, e para que se visse que o fazer-se Deus homem era totalmente obra do amor, por isso foi obra do Espírito Santo o mistério em que Deus se fez homem. O amor define-se: união entre dous extremos; para haver amor, há de haver extremos e há de haver união, e quanto mais se apertam os laços da união, tanto realçam mais os extremos do amor; mas quando se uniu Deus ao homem mais apertadamente? nunca mais apertadamente do que quando se fez homem; só ali se uniu ao homem substancialmente; ali se apertaram tanto que nunca se apartaram, e foram tão estreitos os laços, tão bem¹⁴⁶ lançadas foram as prisões, que dela resultou aquela recíproca correspondência, aquela amorosa comunicação de Deus nas propriedades de homem, de homem nas propriedades de Deus; de tal maneira que, na verdade, se deve afirmar que aquele homem é Deus, e que aquele Deus é homem; pode haver união mais apertada? pois se quanto mais estreita a união tanto mais se aperta o amor, unindo-se ao homem o mesmo Deus tão estreitamente quando se fez homem, que havemos de dizer senão que, em ser Deus homem, se vê o maior amor de Deus.

Para confirmar esta verdade, excito esta questão. Quando nos mostrou Deus mais amor, quando encarnou ou quando nos remiu? quando se fez homem por nosso amor ou quando por nosso amor deu a vida em uma Cruz? parece que na Cruz mostrou mais amor; quando podia Deus dizer com mais verdade que nos amava do que quando, com toda a verdade, podia dizer que morria por nós? Se acaso não era então o Deus do amor, pois estava despido na Cruz, ao menos, pois estava elevado no ar, padecia êxtase[147] de amor; aqueles braços abertos, aquele peito rasgado, aquele coração descoberto, aquele esperar-nos a pé quedo, quando mais ofendido, aquele chamar-nos com a cabeça, quando mais agravado, não eram todos claros argumentos de seu amor? raro amor de um Deus crucificado, que entre os mesmos paracismos[148] de sua morte lhe não esquecessem ternuras de seu amor; e o que mais é, que fizesse carícias de seu amor dos mesmos acidentes de sua morte! há mais qualificado amor: pois, com isto ser assim, tão grande amor nos mostra Deus em ser homem que, com ser tão grande o amor que Deus nos mostrou morrendo, ainda mais amor nos mostrou encarnando, e dou a razão. Porque, primeiramente, a fineza da Encarnação não é efeito da Cruz; a fineza da Cruz é conseqüência da Encarnação; logo, ainda houve maior fineza na Encarnação que na Cruz; além disto, o amor vê-se na dificuldade: tanto maior é a dificuldade que se vence quanto maior é o amor que se mostra; a maior fineza vê-se no maior impossível, porque pela vitória do impossível se regula o valor da fineza; o que posto, pergunto assi: onde venceu Deus maior dificuldade? na Cruz ou na Encarnação? na Encarnação sujeitou-se às leis da morte o que era imortal; na Cruz, o que já era mortal sujeitou-se à morte; maior distância há entre o imortal e a morte do que entre a morte e o mortal. Sendo Deus imortal por natureza, claro está que maior dificuldade venceu em expor-se a morrer do que em morrer, sendo mortal; na Encarnação obrigou-se à morte o imortal, na Cruz o mortal se rendeu à morte; logo, maior fineza obrou Deus na Encarnação que na Cruz; e, pelo conseguinte, não foi tão grande amor padecer a morte como foi o fazer-se homem.

Contudo, ainda eu acho mais encarecido o amor de Cristo na razão que diz S. Bernardo: que estava tão desfigurado Cristo que não parecia o que era, e, pera que o mundo se persuadisse que era na verdade homem aquele monstro chagado, foi necessário a Pilatos afirmar que era homem, *Ecce Homo*; pois quem não reconhece grandíssimo amor em tão notável transformação! No mistério sacrossanto do altar, uma cousa é a que veneramos, outra a que vemos; de uma cousa são as aparências, de outra as realidades; e está ali Cristo tão transformado que nem é o que parece nem parece o que é; mas isso por que razão? porque o Sacramento do Altar é cifra do amor; e como o mais apurado amor se vê na maior transformação, como é propriedade dos amantes viver desfigurados, por isso Cristo no Sacramento, onde faz ostentação de seu amor, não tem a figura do que é; por isso, são os acidentes tão diversos da substância, e as aparências tão opostas às realidades; pois quem deixará de conhecer a Cristo por amante, quando naquela figura o vê tão desfigurado! tão desfigurado estava o Senhor naquela figura, tão corrido o aspecto, tão confusas as feições, tão perdidos os alentos, tão ensangüentado o rosto, e o corpo todo tão despedaçado, que nem figura tinha do que era, *Non erat ei species, neque decor*;[149] sendo imagem do Eterno Padre e figura de sua substância, não só não parecia imagem de Deus, mas nem ainda tinha figura de homem, tanto que, para crer o mundo que era homem, foi necessário a Pilatos afirmar que o era: *Ecce Homo*.

Mas, ah meu Deus da minha alma, que quanto vosso amor diminuiu em vossa figura, tanto cresceu em sua realidade; donde, se acreditastes vosso amor, quando vos fizestes homem, sendo imagem de um Deus, igualmente o acreditastes, perdendo a figura de homem, porque claro está que foi grande amor o que vos tirou a semelhança de homem, pera que em nós se reformasse a estampa de Deus; contudo, meu doce Jesus, posto que essas chagas vos tiraram a figura de homem, quando vos venero tão desfigurado com essas chagas, aprendendo de Tomé, discípulo vosso, não só vos reconheço por homem, senão que vos adoro por Deus, *Dominus meus, et Deus meus*,[150] antes aprendendo de Bernardo, servo vosso, quando vejo vossa fermosura perdida, considero em vós maior fermosura, *Quam mihi decorus es in ipsa positione decoris*.[151] E que gentilmente me pareceis, Senhor! Oh como estais, meu Deus, pera querido, quando estais mais afeado; porque, quando vos vejo mais afeado, então vos considero mais amante: *Quanto pro me vilior, tanto pro me charior*.[152] Mas, Senhor, já que unistes a vós mesmo a natureza de homem, não permitais que se percam os que têm a vossa natureza; adverti, meu Deus e meu Redentor, adverti que por nossa causa padecestes o rigor desses espinhos, a afronta dessa púrpura, a crueldade dessas cordas, o ludíbrio desse cetro, o tormento dessas chagas; adverti, meu Deus, que por nós morrestes em uma Cruz, e que por nós vos abatestes a ser homem, sendo vós verdadeiramente Deus; pois como se hão de perder os que vós a tanto custo remistes e os que vós com tanto excesso amastes? é possível, doce Jesus meu, é possível que há de haver dia em que o pecador se não alegre de ver esse divino rosto! essa face divina, esse centro de serenidades há de fulminar as vinganças! vós que vos fizestes homem para nos remir, vós sois o que haveis de condenar enquanto homem? não sois vós nosso Redentor, não sois vós nosso advogado.

Assim é, fiéis, mas por isso mesmo: porque Cristo se fez homem para nos remir, porque Cristo se fez homem para advogar por nós, por isso mesmo nos há de julgar enquanto homem, *Tunc videbunt filium hominis*;[153] porque tanto mais rigorosa há de ser a vingança, quanto mais favorável foi a intercessão. Rebelou-se o príncipe Absalão contra seu pai, el-rei Davi, e, fugindo à justa indignação de seu pai, embaraçando-se a melena entre umas ramas, ficou pendurado pelos cabelos; chegou nesta ocasião um soldado de Davi, e lastimou-se de ver o desgraçado príncipe; chegou Joab pouco depois, e, vendo ao príncipe naquele embaraço, com três lanças lhe atravessou o coração; pois, valha-me Deus, por que causa lhe tirou a vida Joab e não o outro soldado de Davi, por que causa, pendente Absalão, um soldado raso se compadece, e Joab, um general, lhe tira a vida? sabem por quê; não é a razão menos que de S. João Crisóstomo, *Qui patrem ei reconciliavit, is ipsum interfecit*;[154] todas as vezes (que foram muitas), todas as vezes que Absalão se via fora da graça de Davi, Joab era o que intercedia por Absalão, Joab era o que fazia suas partes, o que advogava em sua causa e o que o reconciliava com seu pai, *Patrem ei reconciliavit*; e que tirou Joab de haver intercedido tantas vezes por Absalão? ver ultimamente a Absalão rebelado contra Davi; pois ninguém há de castigar Absalão, senão Joab; o mesmo que intercedeu em seu favor, esse lhe há de dar o castigo, *Qui patrem ei reconciliavit, is ipsum interfecit.* Oh como se verá no dia do Juízo representada esta tragédia de Absalão! Cristo, enquanto homem, é o que intercede por nós; pois quem nos há de castigar há de ser Cristo, enquanto homem: estudou o divino Verbo no direito e nas leis de seu amor, para advogar em favor de nossa causa; por meio destes estudos, veio o divino Verbo a fazer-se homem; feito já homem, advogou primeiro em nossa causa; porém, depois de advogado, há de subir a julgador, e por isso mesmo há de ser exato julgador; porque foi diligente advogado, por isso há de saber ser homem, sendo julgador, *tunc videbunt filium hominis,* porque sendo advogado soube ser homem: *Ecce Homo.*

Mas que cargos nos fará Cristo naquele dia, que cargos nos fará? de que, sendo ele homem por natureza, infamássemos nós a natureza de homem: que, fazendo-nos Deus homens, vivamos como brutos, que obedeçamos às propensões do apetite e resistamos aos ditames da razão! Os homens convêm com os brutos e convêm com Deus; com Deus, na razão; com os brutos, nos apetites; e que deixemos a conveniência com Deus, por ter conveniência com os brutos! Oh brutal conveniência! nisto se distinguem os homens dos brutos: que os brutos, como têm alma mortal, só desta vida tratam; e os homens, como têm alma imortal, devem tratar da outra vida; por isso criou Deus a todos os brutos inclinados para a terra, e os homens levantados para o céu; porque os brutos só tratam da vida da terra, e os homens devem trazer os olhos na outra vida do céu; foi advertência de um gentio:

Pronaque cum spectent animalia coetera terram
Os homini sublime dedit, Caelumque tueri
Iussit, et erectos ad sydera tollere vultus.[155]

Vivia Nabucodonosor tão descuidado do céu, tão esquecido de sua salvação, que em castigo o transformou Deus em bruto; justo castigo, porque vive como bruto quem se descuida do céu; ao cabo de sete anos, (claro está) que havia Nabucodonosor de ter uso de razão, e por isso lhe restituiu Deus a forma de homem ao cabo de sete anos; porém, qual foi a primeira ação de homem que fez Nabucodonosor: *levavi oculos meos,*[156] pôs os olhos no céu; e de antes não punha os olhos no céu? não: que vivia como bruto, e foi força pôr os olhos no céu, quando viveu como homem. Pois se a vida do homem é trazer os cuidados no céu, se a vida dos brutos é trazer os cuidados na terra, como vivemos nós como brutos, sendo homens? tantos cuidados para a terra, e nenhum cuidado do céu! Oh, como no dia do Juízo se hão de examinar nossos cuidados! Oh, como aquele homem nos há de culpar de brutos: aqueles espinhos se armarão contra nós; aquela capa denunciará guerra; aquelas cordas serão flagelo; aquela cana será vara; aquelas chagas clamarão vingança; aquele sangue, justiça; que fazendo-me eu homem (vos dirá aquele Senhor), que fazendo-me eu homem para que tu te salvasses, te não salvastes tu; por que não viveste como homem? quais foram todos os meus cuidados, senão a tua salvação? por ti padeci as afrontas desta coroa, desta púrpura, desta corda, deste cetro, e destas chagas; por ti padeci cinco mil açoutes à coluna, dos quais duzentos e sessenta e seis chegaram a descobrir meus ossos; na cabeça padeci setenta e duas feridas; no rosto, cento e vinte bofetadas; cento e vinte e nove pancadas em todo o corpo; derramei em terra dezoito mil cento e vinte e cinco[157] gotas de sangue; fui posposto a Barrabás, fui sentenciado à morte, fui morto, fui sepultado; *Quid est quod debui ultra facere vineae meae, et non feci*,[158] que mais devia eu fazer de minha parte; e tu, de tua parte, que fizeste: viveste como bruto, e não como homem; todos os cuidados para o mundo, e nada para tua salvação. Ora, eis aí, vês o mundo? porém, que é o que vês agora? um campo de Tróia, um mar de cinzas; que de agora suas grandezas, que de seus edifícios, que de suas delícias, que de suas pompas? Em cinza, em pó veio a parar todo o mundo!

Ah, fiéis, como havíamos de ver todos os dias que todo o mundo é uma pouca de cinza, se todos os dias tivéramos uma hora de juízo; quando houver um dia de juízo, então veremos que todo o mundo é pó e cinza; e que sendo isto o mundo, e que sendo tão falsas suas promessas, tão enganosas suas esperanças, nos descuidemos tanto de nossa salvação por amor do mundo! Oh quem bem conhecera o que é o mundo e o que é a eternidade, que se nós vivêramos neste conhecimento, outros foram nossos cuidados: então vivêramos como homens, porque então ainda fizéramos mais por viver à eternidade do que fazemos por viver ao mundo; mas não fazemos este discurso, porque não recorremos ao juízo; que se nós trouxéramos sempre diante dos olhos o dia do Juízo, nós conhecêramos sempre que era cinza todo o mundo; mas que sejam tão diversos nossos cuidados, que amemos tão cegamente as cousas do mundo, que por elas nos descuidamos de nossa salvação, que havendo de viver como homens com os olhos no céu, que vivamos como brutos com toda a inclinação à terra, verdadeiramente, católico auditório, verdadeiramente que não sei por que razão nos cativamos do mundo; pelo mundo nos desvelamos, pelo mundo, que é um teatro de tragédias ou um campo de batalhas; no mundo, ou se pode amar a honra, ou a vida, ou as riquezas, ou a fermosura, ou as delícias. Quanto às honras do mundo, quis el-rei Baltazar mandar fazer a Davi a maior honra, e que fez? Mandou que o incensassem como a Deus; eis aí que cousa é a maior honra: um pouco de fumo. Quanto à vida do homem, quis o mesmo Deus formar-lhe a vida, e assoprou-lhe no rosto; eis aí que cousa é a nossa vida: um pouco de ar. Quanto às riquezas, quis o demônio encarecer a Cristo as riquezas do mundo, e mostrou-lhe a terra toda; eis aí que cousa são as riquezas todas do mundo: uma pouca de terra. Quanto às fermosuras, a primeira que se viu no mundo foi aquela maçã do Paraíso; por fora estava a fermosura, porém dentro estava a morte; eis aí as fermosuras do mundo: maçãs do rosto, maçãs do Paraíso; seja assi, mas por fora muita fermosura, por dentro muita caveira. Quanto às delícias do mundo, todas viu S. João que as trazia uma mulher em uma taça de ouro cheia de veneno; eis aí as delícias do mundo: tão limitadas que se dão por taça, e se as aparências são de ouro, as realidades são veneno; e que, sendo as cousas do mundo fumo, ar, terra, morte, e veneno, nos desvelemos tanto pelas cousas do mundo! não quero dizer com isto que não trateis de vossa vida, de vossa honra e de vossa fazenda; antes vos digo que o contrário seria grave pecado; porém, digo que, se alguma destas cousas do mundo encontrar[159] vossa salvação, que primeiro esta vossa salvação que todo o mundo; e acrescento que, ainda quando os cuidados do mundo sejam muito lícitos, ainda quando vossa salvação não perigue entre os cuidados do mundo, que não trateis só do mundo, tratai também de vossa salvação; tomai cada dia uma hora para a alma, já que todos os dias dais ao mundo, porque o contrário é viver como brutos, e não como homens.

Adverti, que nos há Deus de tomar mui estreita conta, se vivemos como homens, ou como brutos; se tratamos só desta vida, ou também da eternidade; se pusemos toda a inclinação em as cousas da terra, ou se levantamos também os cuidados ao céu; aqueles que se elevam nas cousas do céu, estando na terra, no céu têm seu centro, hão de vir a parar no céu; mas aqueles que se inclinam só às cousas da terra, e nada tratam do céu, na terra têm seu centro, hão de vir a parar no centro da terra. Aqueles que só tratam desta vida, e se descuidam em matérias de sua salvação, só um trabalho não terão no dia do Juízo, e é que gastarão pouco tempo em dar conta a Deus; antes me parece que serão condenados sem dar conta. Não está má a consolação. A parábola das dez virgens é uma representação do dia do Juízo, e reparo eu em que o divino Esposo cerrasse as portas às virgens néscias, sem lhes fazer cargo nem lhes tomar conta; pois por que não tomou conta o Senhor às virgens néscias? por quê? porque se deitaram a dormir sem se prepararem para receberem o Esposo; e quem dorme, quem se descuida em matérias de sua salvação, não há que lhe tomar conta, já se supõe sua condenação, *Clausa est janua*;[160] pois alerta, fiéis, não durmamos em matéria de tanta importância, não nos descuidemos no negócio de nossa salvação; não sejam todos nossos cuidados pera a terra, que isso é de brutos, ponhamos os cuidados no céu, que isso é de homens; no céu ponhamos todos os cuidados, pois Deus, por sua infinita misericórdia, nos criou a todos para o céu; os brutos só desta vida tratam, porque não têm outra vida, tratemos nós da outra vida, pois somos homens. Vede que esta vida, e que este mundo enfim, há de acabar, e que nos resta ainda a outra vida; vede que todos havemos de morrer, todos havemos de ser chamados a juízo, todos havemos de dar conta a Deus, e isto não são contos, não são fábulas, não são novelas, são verdades puras; pelo quê, cuidemos nesta conta, tratemos da outra vida, que é o que mais nos convém; salvemo-nos, cristãos, que é o que mais nos importa, que este mundo cá há de ficar, e nenhum galardão nos há de dar o mundo; o que resta é tratar das almas, porque a salvação, ou a condenação, há de durar por uma eternidade, eternidade, eternidade. Mas, para que nossas culpas até agora cometidas não sirvam de impedimento à nossa salvação, presente temos aquele Senhor a quem pedir perdão de nossas culpas; porque suposto que aquele Senhor, enquanto homem, há de ser o fiscal de nossas culpas, contudo, também agora, enquanto [Deus],[161] é o fiador de nossa emenda, *Apparuit humanitas, et benignitas salvatoris Dei nostri*;[162] como em Deus houve o ser homem, *Apparuit humanitas*, não pode faltar o ser benigno, *et benignitas*, não pode deixar de ser benigno um Deus que é tão humano; mal deixará de ter amor, mal pode ser desumano um Deus que é homem, especialmente quando o fazer-se homem foi força de seu amor. Nem vos causem terror aquelas insígnias de Cristo, porque aqueles espinhos setas amorosas são; aquela capa servirá de cobrir nossas culpas; aquelas cordas são amorosos laços, que lhe têm atadas as mãos, pera estrovar-lhe[163] os castigos; o que parece vara é cana, em cujos verdores se fundam nossas esperanças, porque se dobra a nossos suspiros; aquelas chagas são portas por onde se nos concede entrada ao mais amoroso coração; e se nos envergonham as manchas de nossa vida, bem se poderão lavar nos rios daquele sangue. Eia pois, almas cristãs: *Ecce Homo*, ali tendes um Deus mui humano, pera o perdão de vossas culpas; agora é tempo de solicitar o perdão. E vós, meu doce Jesus, vós que, pera remédio de nossas culpas, tomastes as pensões de nossa natureza, compadece-vos, Senhor, dos que, sendo homens, vos ofendem, sendo Deus; se como homens pecamos, como homens nos arrependemos; vós conheceis, Senhor, quão fraca é nossa natureza, nós conhecemos quão grande é vossa piedade; pois releve a grandeza de vossa piedade os desacertos de nossa natureza! Oh meu Jesus da minha alma, e se nos faltar a vossa misericórdia, quem se livrará de vossa justiça? Pois descobri, Senhor, largai a capa pera nosso amparo, e mostrai as chagas pera nosso remédio. Oh meu chagado Jesus, como homem vos adoramos feito carne, e vos choramos desfeito em sangue; mas era força que amor, que vos fez encarnado enquanto homem, com o próprio sangue vos fizesse encarnado! Oh cristãos: *Ecce Homo*; não cobrava o paralítico saúde, porque não tinha um homem que o lavasse na água, *Non habeo hominem*;[164] mas nós ali temos um homem que, pera dar-nos saúde, nos lavará com seu próprio sangue: *Ecce Homo*; cheguemo-nos nós também com nossas lágrimas a lavar aquele sangue e a lavar nossas culpas; vede que ali, donde mais carregam as culpas, ali mais descarregaram os golpes! Oh meu doce Jesus, quem vos lastimou tanto, meu Redentor? vosso amor ou nossas culpas? nossas culpas e vosso amor vos lastimaram, meu Deus; e que nós vos ofendamos, sendo vós tão amoroso! Oh ingratidão dos homens; mas que vós ameis tanto, quando nós vos ofendemos! Oh raro amor de Deus! Pois, Senhor, já que tanto nos amais, perdoai-nos, meu bom Jesus, pelo tormento desses espinhos, pela afronta dessa púrpura, pela crueldade dessas cordas, pelo ludíbrio dessa cana, pelo rigor dessas chagas, pelo preço desse sangue; pelos merecimentos infinitos de vossa santíssima humanidade, vos pedimos perdão de nossas culpas; perdão, meu Deus da minha alma; misericórdia, Senhor, para que, por meio de vossa misericórdia, alcancemos nesta vida vossa graça, penhor da glória: *Ad quam nos perducat, etc.*

LAUS DEO[165]

Posfácio

"Que tarde se criarão na Companhia outros Matos!" – parece que disse Vieira, ao saber que Eusébio de Matos fora expulso da Companhia de Jesus. Ao ser informado do motivo – o *desmancho* de ter alguns filhos –, teria acrescentado: "O padre Eusébio de Matos é de tanto merecimento, que ainda a ser certo o que lhe querem impor os seus inimigos, o devia a Companhia sustentar com filhos e tudo". Esse elogio na boca do pregador que era Vieira "superlativa" as qualidades daquele que, no entanto, só foi biografado por ser irmão do poeta que era Gregório de Matos. Como *segundo* (segundo filho, segundo pregador, segundo poeta), é que Eusébio aparece nas histórias literárias, poucas linhas sempre, a repetir o que já destacara o licenciado Manuel Pereira Rabelo na "Vida e morte do doutor Gregório de Mattos Guerra", em princípios do século XVIII. Conforme essa "Vida", Eusébio de Matos (nascido na Bahia, em 1629) dera mostras de grande engenho desde a infância, o que acabou por chamar a atenção do padre Antônio Vieira, possivelmente seu professor durante algum tempo. Em certa ocasião, em que deveria se apresentar diante dos examinadores de Évora, como exemplo do melhor aluno do colégio da Bahia, foi encontrado pelo reitor em atividades alheias ao estudo, na portaria da casa, pelo que foi severamente repreendido. Às censuras, Eusébio respondeu-lhe com agudeza, mostrando uma cena por meio da qual tanto se justificava, como representava a resolução do mais importante problema da Filosofia Moral:

> "Melhor desejava eu a V. Rev^{ma}. neste lugar, para lhe mostrar em que consiste a felicidade humana, como tão apetecida de todos"; e apontou para um mocetão marinheiro, que estendido sobre uma relva, dormia a sono solto, refundido em breu, e exposto à multidão das gentes que passavam.[1]

A essa graça natural são atribuídas suas habilidades como "*Poeta* vulgar, e Latino, cujos versos eram tão discretos como elegantes; *Musico* por arte, e natureza compondo as letras que acomodava aos preceitos da Solfa; *Arithmetico* grande sendo sempre eleitos para arbitro das mayores Contas; *Pintor* engenhoso do qual se conservaõ com estimaçaõ particular muitos dibuxos",[2] além de "insigne *Prégador* assim em a subtileza dos discursos, como na vehemencia dos affectos"[3] – todas *artes* nas quais a capacidade do engenho é condição para a excelência.

No caso, elas se conformam com um caráter benigno e afável, além de ilustrado: jamais tendo se afastado de Salvador, Eusébio de Matos aí lecionou Filosofia, por três anos, e Teologia, por mais dez, no mesmo colégio da Bahia e, embora expulso da Companhia (em alguma data entre 1677 e 1680), não passou a usufruir da vida secular, mas logo entrou na ordem do Carmo, onde continuou a desempenhar obrigações religiosas; sua pintura era de cunho sagrado ("quando descansava da aplicação dos livros, se ocupava em debuxar lâminas, que na perfeição, não tinham inveja às de Roma"⁴), devotava intensa amizade aos irmãos Gregório e Pedro, e, finalmente, demonstrava fineza nas atitudes, como no dia em que, vendo o idoso padre Vieira, recém-chegado de Lisboa, entrar na Sé onde pregava, fez pausa no sermão para lhe repetir o que já havia dito, como obséquio ao príncipe dos pregadores, aplaude Rabelo. "Discreto, jovial na conversação, e ultimamente tão consumado em todas as partes que constituem um homem perfeito, que afirmava dele o P. Antônio Vieira, Oráculo da eloqüência eclesiástica, que Deus se apostara em o fazer em tudo grande e não fora mais por não querer."⁵

Este é o retrato do pregador que, junto com Vieira e Antônio de Sá, divide o palco sagrado, vale dizer, o púlpito no Brasil do Seiscentos, até a morte em 1692. É o mesmo Rabelo quem menciona uma sentença da época, segundo a qual "para se constituir um perfeito orador deviam concorrer três sujeitos da Companhia: Eusébio de Matos com o sublime; Antônio Vieira com a transparência das provas; e Antônio de Sá com o natural da representação".⁶ Se Vieira é tão conhecido que serve de paradigma para toda a parenética da Contra-Reforma, de Eusébio de Matos e Antônio de Sá mal se sabem seus nomes e obras, embora um ou outro louvor, distantes entre si no tempo.

Ecce Homo: Practicas pregadas no Collegio da Bahia as sestas feiras á noite, mostrandose em todas o Ecce Homo foram pronunciadas em data não conhecida durante o período dos quarenta dias da Quaresma, perante a comunidade dos estudantes e jesuítas da cidade do Salvador – como se infere do seu título – talvez no intervalo da missa, como uma preleção entre pares. Trata-se, portanto, do exercício de um discurso espiritual, exemplar, epidítico-deliberativo, cuja alusão à imagem do *Ecce Homo* evidencia a circunstância de comoção afetiva a que as Práticas hão de se adequar.

Talvez fundindo a menção ao estilo dito "sublime" de Eusébio a essa rubrica acerca da exibição do corpo chagado de Cristo, Pedro Calmon deduziu que, nas Práticas do *Ecce Homo*, Eusébio mostrava-se mais êmulo de fr. Antônio das Chagas do que discípulo de Vieira.[7] Nada mais injusto. Se o estilo do franciscano se caracterizava por arroubos místicos que o fazia pregar aos gritos, sempre com uma caveira e uma imagem de Cristo chagado no púlpito, a esbofetear-se com tamanha violência que terminou por ensurdecer de um ouvido, e até a atirar um crucifixo no auditório durante um sermão[8] – tudo demonstrações de uma religiosidade arrebatada em que os afetos se sobrepunham à razão –, o de Eusébio de Matos se conforma por inteiro aos pressupostos inacianos, segundo os quais o orador, compondo retoricamente seus discursos, deve ser capaz de mover os ouvintes a agir conforme a doutrina por meio de argumentos lógicos, bem como argumentos ético-patéticos. Quando Vieira, em suas cartas, censura fr. Antônio das Chagas (que, aliás, antes de vestir o hábito passou três anos como soldado na mesma Bahia), está censurando um modo de pregar que, para o jesuíta, não se destina à conversão, nem à ação em concordância com a doutrina, mas se esgota na exibição catártica dos afetos do próprio pregador. Isso mesmo, como é bastante conhecido, afirma no *Sermão da Sexagésima*, em relação à pregação de certos religiosos da ordem dos dominicanos.

Em todo o caso, sendo discurso doutrinário a cavaleiro entre o gênero demonstrativo e o deliberativo, pouca diferença faz considerar as Práticas como sermões ou não: embora pressuponha que não foram proferidas como parte da missa, sua exposição ocorreu no período religioso de jejum, entre a Quarta-feira de Cinzas e o Domingo da Ressurreição, consagrado como de abstinência, e em presença do *Ecce Homo*, imagem das mais veneradas da liturgia católica. Por seu tempo ser ritualizado, pelo local ser santificado com a presença da imagem sacra, bem como pelo desempenho oral, pelo assunto sagrado, por ser o orador um religioso e o auditório uma audiência de fiéis – por tudo isso, as Práticas se conformam grandemente àquilo que conhecemos dos sermões jesuíticos da época: discursos doutrinários, em que a explicação do texto e a exortação vêm junto com a comoção e o deleite, e que estabelecem uma exegese abalizada pela investidura sagrada do pregador.

No caso, essas peças oratórias estão agrupadas em seis Práticas, perfazendo uma unidade em seis semanas, sendo que cada Prática trata de um elemento da imagem do *Ecce Homo*, como declaração e explicação sua, de acordo com a narração bíblica.

> Este vem a ser o assunto que seguirei estas noites, em cada uma delas discorrerei sobre uma das insígnias daquela sagrada imagem do *Ecce Homo*. E em cada qual veremos que se mostra Cristo muito amante e muito rigoroso, porque, dessa sorte, em cada qual esperemos o perdão e temamos o castigo. (p. 1 — orig. 4)

O procedimento não era singular. Entre outros exemplos, em 1676 fora publicado o opúsculo *As cinco pedras da funda de David*, conjunto de cinco breves sermões pronunciados por Vieira diante da corte da rainha Cristina em Roma, nas terças-feiras da Quaresma de 1674, cada um oferecendo distinta interpretação às pedras lançadas por Davi contra Golias, conforme as partículas do versículo a ser predicado; a amplificação pelas partes consistia, inclusive, no primeiro modo de pregar no gênero demonstrativo recomendado pela propagada *Retórica eclesiástica*, de fr. Luiz de Granada. Aqui, o lema das seis práticas é o *Ecce Homo*. Segundo o Evangelho de João (cap. 19), depois de Cristo ser coroado com os espinhos, Pilatos o levou à demonstração pública, mostrando-o desnudo, com as mãos atadas, e coberto apenas com a clâmide ou manto roxo que lhe cobria os ombros até o peito, deixando ver seu corpo ferido e todo ensangüentado. Embora o texto sagrado não faça menção de mais insígnias que a coroa e a púrpura, supõe-se que Cristo portava também a cana na mão direita, como representação de que aspirava ser rei da Judéia. Ao apontar Cristo ao povo com as palavras "Eis o homem", a Igreja interpreta que, literalmente, Pilatos falara com menosprezo, como a dizer: "é este homem tão maltratado que ainda mais quereis crucificar? já não basta este espetáculo sangrento para amansar vossa ira?".[9]

Como explicação do texto bíblico, então, as Práticas do *Ecce Homo* se propõem a declarar, nessa ordem, o significado figurado nos espinhos, na capa, nas cordas, na cana, nas chagas e, finalmente – em noite que terá correspondido à da Sexta-feira da Paixão –, o significado figurado no título "Ecce Homo", dado à imagem sagrada. Em outras palavras, visam a exibir, com toda a afetividade que devem ter para o fiel, os sentidos alegóricos da coroação, do manto, da atadura, do cetro, das feridas e do nome que integram o corpo de Cristo nos momentos que decidem e antecedem a Paixão. Exibição esta que é feita num discurso com *energeia*, pela qual a ostentação dos detalhes sature e se imprima na fantasia dos ouvintes, comovendo-os (aos afetos de temor e esperança, no caso), com vistas aos fins persuasivos pretendidos, de ação pública e individual condizente com a doutrina. A imagem produzida pelo discurso tem por finalidade principal excitar nos fiéis a imaginação e os afetos correspondentes a tal visão imaginária: como é compreensível, o orador, por um lado, pouco tem a *ensinar* ao seu público de estudantes e religiosos da Companhia acerca da letra do Evangelho de São João, e, por outro, não é artífice que se deva calar para deixar "falar" a imagem por si. É do ofício oratório comover a audiência pelo engrandecimento, isto é, pela amplificação do que há de promitente e de temível (além de alegre, triste, miserável, formidável etc.) na imagem que para isso se oferece ao auditório, real ou visionariamente. Eusébio de Matos compõe, portanto, exposições e enumerações patéticas, que se ocupam menos de descrever a matéria visível em seus pormenores do que ressaltar nela o acúmulo de significações menos visíveis encobertas nas alegorias, as quais o seu engenho, arte e memória descobrem para os fiéis e devem concorrer para provocar a comoção. Nesse sentido, as Práticas não obedecem a um plano causal, narrativo, mas se apresentam como um conjunto de écfrases, *écfrases ao divino*, poderíamos dizer. Assim, por exemplo, os espinhos, na Prática I:

> Verdadeiramente que, quando vejo a Cristo assim coroado de espinho, eu me persuado que aquela coroa ou vem a ser a láurea com que em ciência de amor se gradua Cristo, ou vem a ser o diadema com que celebra Cristo o triunfo de seu amor; e que, estando aquele senhor tão amoroso, tenhamos nós ânimo para o ofender! E que tenhamos coração para o agravar? Que esteja Cristo coroado de espinhos, e que vivamos nós coroados de rosas! E o que mais é, que cometendo as ofensas, não solicitemos o perdão? Pois, fiéis, não duvideis ser perdoados, porque está aquele senhor mui amoroso: aqueles espinhos que atravessam a

cabeça de Cristo, de tal maneira são instrumentos para o molestar, que juntamente são, ou estímulos para nos mover, ou arpões para nos atrair; [...] não permitem aqueles espinhos que passemos, sem que lancemos mão daquelas rosas; lancemos mão daquelas gotas de sangue que essas são as rosas que brotam daqueles espinhos. (p. 2 – orig. 7)

Ou a capa, na Prática II:

[...] aquela púrpura de tal maneira mostra a Cristo amoroso, que também o mostra severo; aquela capa está de guerra, e em volta dos favores está também ameaçando castigos. Quando Davi pediu armas a Aquimelec, disse-lhe o Sacerdote que fosse ao templo, e que debaixo de uma capa acharia uma espada: *Ecce his gladius est involutus pallio*: notável mistério, que sendo a capa que está no templo o amparo de nossas culpas, que debaixo dessa capa haja de estar escondida a espada, que sendo a capa de Cristo todo o nosso amparo, se haja de dissimular debaixo daquela capa? Sim, debaixo daquela capa está escondida a espada; porque são fios da espada todos os fios daquela capa, e a razão disto é, porque se naquela capa temos muito que esperar, também temos muito que temer. (p. 3 – orig. 17)

A intensificação é feita mediante os procedimentos habituais do gênero epidítico, e em profusão: um discurso ornamentado com enumeração e divisão das partes, exemplos e comparações com acontecimentos históricos, bíblicos ou fabulosos, metáforas, equívocos, metonímias, interrogações, exclamações, quiasmos, elipses etc., como se pode ver nas passagens supracitadas e que é regra no *Ecce Homo*. Este o único aspecto, aliás, que chamou a atenção dos estudiosos na obra de Eusébio de Matos: o domínio e a pureza da linguagem, que o inserem entre os escritores que "no século XVII melhor souberam manusear a língua portuguesa e conhecimento mais perfeito tiveram dos seus segredos"[10] – o que já não é pouco, dito por um dos que mais profundamente conheceu a língua portuguesa desde seus princípios galego-trovadorescos.

Se tais significados alegóricos emergem das descrições intensificadoras das partes que compõem a imagem do *Ecce Homo*, cada uma delas repete e retoma a imagem toda, como – para usar uma metáfora benquista da época – um pedaço de espelho reflete tudo o que reflete o espelho inteiro. Com isso, predomina extensamente a reiteração, recurso buscado para comprovar em cada um dos tópicos os conceitos enunciados em todos eles, numa operação que visa a "esgotar as pertinências de um assunto".[11] Ou seja, em todas as seis práticas, cada figura – espinhos, capa, cordas, cana, chagas e designação – é sinédoque da imagem toda do *Ecce Homo*, a ser demonstrada em cada um desses lugares.

> [...] o mesmo que dissemos da coroa havemos também de dizer da púrpura. Digo, pois, que também Cristo com aquela capa de púrpura está mui para buscado e mui para temido, porque também com aquela capa está mui amoroso e mui severo, que essas são as consequências de ser homem: *Ecce Homo*. (p. 4 – orig. 13)

Tal imagem, por sua vez, apresenta-se exaustivamente sob seus atributos antitéticos de Deus-impassível x Homem-padecente, razão pela qual o orador desenvolve cada prática a modo de díptico, segundo um esquema binário insistente, que *distingue* na imagem, em cada uma de suas partes e no todo, as representações do Homem-Deus: ser misericordioso e ser justiceiro, ser amante e ser sentenciador, ser o que perdoa e o que castiga, o que é mortal como Homem e imortal como Deus. A amplificar o conceito, todas as práticas obedecem sem variação ao mesmo esquema discursivo: depois de um breve exórdio, a interpretação da figura alegórica é apresentada em termos do Amor de Cristo e, em seguida, dispõe-se uma réplica, em que a mesma imagem é figura do Temor de Cristo. Assim as chagas, na Prática v:

> [...] o mar vermelho era uma representação do sangue de Cristo, e o sangue de Cristo é juntamente benigno e rigoroso; pera uns é mar bonança e pera outros tormenta; a uns serve de naufrágio e a outros de salvação; de cada golpe daqueles que padeceu o Senhor brotava um rio de sangue; e de tantos, e tão cruentos, e tão caudalosos rios, que se havia de formar, senão um mar vermelho! [...] como este mar verdadeiramente sagrado é o sangue da Paixão de Cristo, nele mostra Cristo muita paixão; pera uns é apaixonado de amante; pera outros, de colérico; e como Cristo assi avinculou a seu sangue seu amor e sua ira, por isso igualmente favorece e castiga com seu sangue. (p. 5 – orig. 49-50)

Na seqüência, o discurso desenvolve alternadamente as metáforas pelas quais o sangue derramado de Cristo é signo do seu amor aos homens e, em seguida, aquelas pelas quais significa sua ira. A sincrise se resolve sempre por um apelo confiante à porção amorosa do Filho do Homem, desde que esta metade, misericordiosa, bondosa e humana aparece como predominante na imagem do *Ecce Homo* – por isso, assim designada. A peroração de cada prática efetua, ao fim, uma exortação aos fiéis para que se comovam com o *Ecce Homo*, interpretado como representando superiormente o Amor de Cristo à humanidade pecadora.

Quanto à presença da imagem do *Ecce Homo* no recinto da prédica, o exórdio da Prática I, que ocupa o lugar de proêmio geral às *Práticas*, indica sua pertinência ao conjunto.

> [...] anima-me a presença daquela chagada figura do nosso amante Jesus, porque suprirão suas vistas, onde me faltarem as razões; e os que se não moverem pelo que lhes propuser aos ouvidos, não deixarão de lastimar-se pelo que lhes representar aos olhos. (p. 6 – orig. 1)

Em relação ao discurso, a imagem é um *plus ultra*, a cobrir as insuficiências do orador que, no entanto, baseia-se na evidência das suas razões e na eficácia das suas palavras para o resultado esperado: mover a temor e a esperança. Qualquer que tenha estado presente, a imagem é esclarecida apenas em seus traços doutrinariamente significativos – imagens "esqueléticas", diz Barthes, a propósito daquelas suscitadas pelos *Exercícios* de Inácio de Loyola. As práticas visam a amplificar cada um desses traços (os espinhos, a capa, as cordas, a cana, as chagas e o nome), a fim de que ocupem o primeiro plano em cada uma delas, destacando aquilo que, narrado no Testamento, se torna espetáculo, num discurso que amplifica para comoção. Com isso, na mesma ação de comentar a imagem, as Práticas explicam o texto sagrado, situando entre os dois discursos a imagem referida. Desse modo, o orador Eusébio de Matos aproxima referências bíblicas e históricas, interpretando doutrinariamente a imagem e prendendo a atenção da sua assembléia de ouvintes, pela apresentação de conceitos e textos tão verdadeiros quanto mais estão distantes. Assim, por exemplo, na Prática IV, a passagem em que, depois de citar Cristo, que chamara os pecadores de serpentes, o orador cita Plínio, que em certo trecho da sua *História natural* afirmara que a cana tinha virtude contra as serpentes, para concluir então que a cana presente na imagem do *Ecce Homo* é arma bastante contra os pecadores. Ou quando cita como autoridade versos das *Metamorfoses* de Ovídio, ou ainda quando, por uma série de metonímias, faz equivaler o rubro sangue derramado de Cristo, "mar de sangue", ao mar Vermelho.

Portanto, a presença de uma imagem concreta do *Ecce Homo* não se faz necessária para a fatura do discurso, tendo estado ou não no lugar da prédica. Se as écfrases não pressupõem a existência de uma imagem concomitante ao discurso, nem por isso o inverso a desabilita: ou seja, não é por existir uma imagem referida, no recinto em que se profere o discurso, que este deixa de ser ecfrástico. Tratando-se de écfrases *ao divino*, todavia, a imagem aqui é necessária para a sacralidade da ocasião litúrgica, do mesmo modo como, no *Sermão das Armas de Portugal contra as de Holanda*, de Vieira, a imagem presente que a didascália faz conhecer ("com o Santíssimo Sacramento exposto") corrobora a profunda piedade do pregador; além de operar, é claro, um complicador de destinação, enquanto visibilidade da Presença divina, que sacraliza e amplifica o caráter dramático da ocasião elocutiva. No *Ecce Homo*, a imagem presente é sobretudo sensibilização das mesmas alegorias que o orador identifica no texto sagrado e, por representar o Sagrado, encarna parte da sua venerável sacralidade – como aliás afirmava a normativa do Concílio de Trento, que o jesuitismo divulgou.[12] Em todo o caso, dela faz parte de modo intrínseco o Nome pelo qual é designada no Testamento e que arremata a *descriptio* afetiva com que o orador a discrimina em partes significativas.

Esses breves apontamentos pretendem apenas sugerir tópicos de análise a partir de um conjunto de discursos de Eusébio de

Matos, as práticas do *Ecce Homo*, em conformidade com perspectivas retóricas da época. Interesse também haverá em retornar à questão das poesias que correm sob sua atribuição, ou "litigiosas" entre ele e seu famoso irmão Gregório, iniciada por Varnhagen no *Florilegio da poesia brazileira*. E, evidentemente, para uma avaliação mais apropriada e mesmo para o estabelecimento da obra de Eusébio de Matos, faz-se necessário o estudo dos demais textos parenéticos editados por ele enquanto religioso da Companhia de Jesus ou da Ordem do Carmo: a *Oração fúnebre* nas exéquias do bispo do Brasil D. Estêvão dos Santos, pregada na Sé da Bahia, em 1672 (editado em 1735); o *Sermão da soledade e lágrimas de Maria Santíssima*, pregado na mesma Sé, em 1674 (e editado em 1681), e, principalmente, a coletânea póstuma dos *Sermoens do P. Mestre Fr. Eusebio de Mattos Religioso de Nossa Senhora do Carmo da Província do Brasil, 1ª parte que contem 15 sermoens*, que foi editada em 1694, em Lisboa, como os demais. Desta maneira será possível expandir o campo da prosa religiosa do século XVII, hoje praticamente restrito ao assombroso nome do padre Antônio Vieira.

ADMA MUHANA

CRONOLOGIA

1629: Nasce Eusébio de Matos, na Bahia.

1636: Nasce seu irmão, o poeta Gregório de Matos, na Bahia.

1641: Embarca para Portugal o padre Antônio Vieira.

1644: Eusébio de Matos professa na Companhia de Jesus.

1650: Gregório de Matos parte para Portugal.

1659: Eusébio de Matos representa os interesses de sua família em transação com os colégios dos jesuítas da Bahia e de Santo Antão, de Lisboa, e a Santa Casa da Bahia.

1668: Eusébio de Matos emite parecer sobre a obra *Suma da vida do padre José de Anchieta*, do padre Simão de Vasconcelos.

1669: Eusébio de Matos é chamado a Lisboa para ser nomeado orador do rei – é impedido de ir por seus superiores.

1677: É publicado em Lisboa, na Oficina de João da Costa, o *Ecce Homo*.

1680: Eusébio de Matos abandona a Companhia de Jesus e ingressa na Ordem do Carmo com o nome de frei Eusébio da Soledade.

1681: É publicado em Lisboa, na Oficina de Miguel Manescal, o *Sermão da soledade e lágrimas de Maria Santíssima Senhora Nossa*, de frei Eusébio da Soledade. Padre Antônio Vieira retorna à Bahia.

1682/1683: Retorno de Gregório de Matos à Bahia.

1692: Morre frei Eusébio da Soledade, na Bahia, a 7 de julho.

1694: São publicados em Lisboa, na Oficina de Miguel Deslandes, os *Sermões*, de frei Eusébio de Matos.

1695: Morre Gregório de Matos.

1697: Morre padre Antônio Vieira.

1735: É publicada em Lisboa, na Oficina de Miguel Rodrigues, a *Oração fúnebre nas exéquias do ilustríssimo e reverendíssimo senhor D. Estevão dos Santos, bispo do Brasil*, de Eusébio de Matos.

1923: É publicado, no Rio de Janeiro, na Estante Clássica da Revista de Língua Portuguesa, o *Ecce Homo*.

1999: É reeditado, em Belo Horizonte, o "Sermão do mandato", publicado originalmente nos *Sermões* de 1694.

Notas

Dedicatória

1. A Bento de Beia de Noronha, inquisidor apostólico do Santo Ofício da Inquisição de Lisboa.

Prática I – Dos Espinhos

2. Entenda-se: a imagem de Cristo flagelado, exposta durante o sermão, auxiliará o pregador no convencimento do auditório. Na página de rosto destas Práticas consta que elas foram "pregadas no Colégio da Bahia, às sextas-feiras à noite, mostrando-se em todas o *Ecce Homo*".
3. *Eis o Homem*.
4. *Mata-o, Mata-o*.
5. A expressão "acabar com alguém" significa "convencê-lo, persuadi-lo, pondo termo às suas hesitações".
6. Observe-se a mudança abrupta de construção (anacoluto), por meio da qual o autor, que vinha se dirigindo a seu auditório, passa a dirigir-se a Jesus. Esse tipo de construção era comum na época.
7. Pretérito mais-que-perfeito do indicativo usado com valor de imperfeito do subjuntivo: equivale a "fossem".
8. *Deus o ofereceu como instrumento de propiciação por seu próprio sangue.*
9. *Então verão o filho do homem que virá com poder e grande glória.*
10. Entenda-se: "para que".

11. Sobre o uso deste "que", afirma J. J. Nunes, nas "Anotações" que apôs à edição destes sermões pela *Revista de Língua Portuguesa* (1923), que o autor o usa "como se dissesse: *servem não sei se de setas... se de espinhos*". Ele afirma, também, não conhecer exemplo igual do emprego de "que".

12. Pretérito mais-que-perfeito do indicativo usado com valor de futuro de pretérito simples: equivale a "poderiam".

13. *Irei e observarei este fenômeno.*

14. *Produzirás espinhos e cardos para ti.*

15. *Preso pelos chifres entre os espinheiros.*

16. A expressão "tirar pelas capas" equivale a "puxar pelas capas, isto é, pelas roupas".

17. *Abre a porta para mim, minha Irmã, porque a minha cabeça está úmida de orvalho.*

18. *Quando ele vier, acusará o mundo de pecado.*

19. No texto-fonte: "os".

20. J. J. Nunes observa que, modernamente, o advérbio se une ao verbo, formando "malograr".

21. J. J. Nunes observa que a queda do "s" final em certas formas verbais presentes neste parágrafo, antes dos pronomes "nos" e "vos", deve ser um dos casos de haplologia. Entretanto, o primeiro verbo do parágrafo apresenta queda do "s", sem que venha seguido por pronome algum.

22. *Tende piedade de mim, tende piedade de mim, ao menos vós, meus amigos.*

23. *porque a mão do Senhor me atingiu.*

24. No texto-fonte: "instimulando".

25. Observe-se a apócope do "a" final de "alguma", que foi absorvido pela vogal inicial da palavra seguinte. A expressão "algum hora" equivale, nesta passagem, a "outrora". Cf. J. J. Nunes, Anotações, 1923, p. 86.

26. *Se verdadeiramente me constituístes Rei: vinde, e sob a minha sombra repousai; se, porém, não quiserdes, emane fogo do ramo e devore os Cedros do Líbano.*

27. *Coroou-o a sua mãe no dia de suas bodas.*

28. *Vinde, filhas de Sião.*

29. *Vide o vosso rei com a coroa.*

30. Pretérito mais-que-perfeito do indicativo usado com valor de pretérito imperfeito do subjuntivo: equivale a "padecessem".

31. No texto-fonte: "O", sem acento.

32. *Amém.*

Prática II – Da Púrpura

33. *E estenderão em cima uma capa púrpura.*

34. O mesmo que "resultados, efeitos". Entenda-se: "resulta que vieram a descobrir-se na púrpura os ardores do coração".

35. O mesmo que "libré": uniforme utilizado pelos criados das casas nobres; vestimenta, ornato.

36. *Quem é esse, que vem com as vestes tingidas?*

37. *elegante na sua vestimenta.*

38. *com seus ombros, ele te cobrirá.*

39. *Ele assumiu os nossos pecados e por nós sofreu: ele próprio, porém, foi ferido por causa de nossas iniqüidades.*

40. *porque rubra é a tua vestimenta.*

41. Entenda-se: "e em volta dos favores" quer dizer "e de mistura com os favores". J. J. Nunes, nas Anotações que após à edição de 1923, diz: "Aqui deve esta locução [em volta de] ser o mesmo que 'de envolta ou juntamente' (Moraes)".

42. *Eis, esta espada está envolta numa capa.*

43. No texto-fonte: "deuaças".

44. *Acusava-os diante de Deus, dia e noite.*

45. Entenda-se: "pôr capa nos vícios, para escondê-los".

46. J. J. Nunes afirma o seguinte, sobre esse modo de conjugar os verbos: "O povo, por analogia com a mesma pessoa nos outros tempos, faz terminar igualmente em s a 2ª do singular do pretérito perfeito".

47. Entenda-se: "alguma vez".

48. Nessa passagem, "pera" equivale a "per" ou "por". Exemplo semelhante desse uso de "pera" ou "para" pode ser encontrado no *Sermão do dia de cinza*, do padre Antônio de Sá, publicado em 1669.

49. *Bem-aventurados aqueles cujas iniqüidades foram absolvidas e cujos pecados foram encobertos.*

50. *Açoitaram-me, feriram-me, tomaram-me a capa.*

51. *haverá tranqüilidade, pois, o céu está avermelhado.*

52. *À qual nos conduz o Senhor Jesus Cristo. Amém.*

Prática III – Das Cordas

53. *uma corda lígnea nas mãos dele.*

54. *estendeu sua corda.*

55. *nenhum liame poderia ter com Deus, se faltasse o liame da caridade.*

56. *De modo algum precisava Abner morrer como costumam morrer os insensatos; as tuas não estavam amarradas, e os teus pés não estavam atados a grilhões.*

57. *A alma de Jônatas se apegou à de Davi.*

58. *Eu te amava.*

59. *O espírito do Senhor pairava sobre as águas.*

60. Pretérito mais-que-perfeito do indicativo com valor de futuro do pretérito do indicativo (corresponderiam) ou de pretérito imperfeito do subjuntivo (correspondessem).

61. *arrasta-me após ti.*

62. *nas cordas de Adão, nos liames da caridade.*

63. *E como tivesse feito das cordas um açoite, expulsou todos do templo.*

64. *Como um açoite de cordas.*

65. Entenda-se: "fica como perturbado ou perplexo de [tão] vexado ou envergonhado".

66. *Muitos são chamados, poucos, de fato, escolhidos.*

67. *atando as mãos e os pés, enviai–o às trevas exteriores.*

68. J. J. Nunes observa que "talvez com o fim de não repetir o *pera que*, empregado antes, o autor substituiu-o por *porque*, embora com a mesma significação".

69. *João nas correntes.*

70. *preso a cadeias.*

71. *no cárcere.*

72. No texto-fonte vem a forma antiga do vocábulo – "reposta".

73. *Ai daquele homem.* (No texto: "*Vé homini illi*".)

74. No texto-fonte: "Salamaõ".

75. *As próprias iniqüidades subjugam o ímpio, e pelas cordas de seus pecados ele é atado, e morrerá, e pelo excesso de sua loucura será tragado.*

76. Entenda-se: "aferraram-se, apegaram-se".

77. Entenda-se: "nos transformemos em terra, nos reduzamos a terra". Observe-se a antanáclase, ou diáfora, com o mesmo verbo empregado adiante com sentido diverso.

78. Entenda-se: "concederá".

79. *as cordas caíram como remédio.*

Prática IV – Da Cana

80. Falta esta palavra no texto-fonte. Entretanto, o sentido deste trecho nos faz crer que houve um lapso do autor ou do tipógrafo.
81. *Tinha na mão uma pena, para com ela escrever o sacrilégio dos pecadores.*
82. *Enquanto empunham a pena, trazem a vara e proferem o julgamento.*
83. No texto: "Reis".
84. *Uma vara surgirá de raiz de Jessé.*
85. *E uma flor brotará de sua raiz.*
86. *O que vês, uma cana impelida pelo vento?*
87. *Eu ouvi o gemido dos filhos de Israel.*
88. No texto-fonte: "naquele".
89. *E como ele se mostrasse enfurecido, a Rainha desmaiou.*
90. No texto-fonte: "Levanto-a".
91. *Sustendo-a em seus braços, afagava-a com palavras.*
92. *Ergueu o seu cetro de ouro e o colocou no pescoço dela, que respondeu.*
93. *Ergueu o seu cetro de ouro e o colocou no pescoço dela, que lhe respondeu.*
94. *toca o cetro.*
95. *Trazem a vara e proferem o julgamento.*
96. *Tinha a medida da cana para medir a cidade.*
97. *Eis que confias em bordão de cana.*
98. Pretérito mais-que-perfeito do indicativo usado com valor de futuro do pretérito simples: equivale a "serviriam".
99. *Quebrada, penetra e fura a mão de quem nela se apóia.*
100. *Descendentes de serpentes.*
101. *E uma flor brotará de sua raiz.*
102. *Embebeu uma esponja em vinagre, e fixou-a numa vara.*
103. *Deram-me uma cana semelhante a uma vara, e disseram: meça o Templo e os que nele adoram.*
104. *A justiça e a paz são afagadas.*
105. *Pequei contra ti somente, e pratiquei o mal diante de ti; porque és justo quando falas e convences quando julgas; pequei contra ti somente.*
106. No texto-fonte: "quâ". J. J. Nunes comenta que "deve esta grafia ter resultado da confusão entre os dois modos de escrever: *que* e *cá*".
107. *Açoitaram-lhe a cabeça com uma cana.*

108. *A cana costuma ser movida com água.*

109. No texto-fonte: "áquela".

Prática V – Das Chagas

110. Por metátese: "pretendemos".

111. "Mongibello": designação do Etna peculiar à Sicília.

112. No texto-fonte: "enfluidas".

113. No texto-fonte: "*dilostum*".

114. *Encontraram-me os guardas, que rondavam a cidade, açoitaram-me, feriram-me, tomaram-me o manto: Eu vos conjuro, filhas de Jerusalém, se encontrardes o meu amado, dizei-lhe que estou doente de amor.*

115. *alimenta a ferida nas suas veias* (Virgílio, Eneida, IV, 2)

116. *feriste o meu coração.*

117. *dizei que estou doente de amor.*

118. *Põe a tua mão em meu flanco.*

119. *apogeu.*

120. Pretérito mais-que-perfeito do indicativo usado com valor de futuro do pretérito do indicativo: equivale a "seria".

121. Pretérito mais-que-perfeito do indicativo usado com valor de pretérito imperfeito do subjuntivo: equivale a "respondessem".

122. Pretérito mais-que-perfeito do indicativo usado com valor de futuro do pretérito do indicativo: equivale a "corresponderiam".

123. J. J. Nunes observa, nesta passagem, o emprego do advérbio "menos" pelo adjetivo "menor".

124. *Da terra, o sangue do teu irmão clama por mim.*

125. No texto-fonte: "Isaía".

126. *Sozinho pisei o lagar, do meu povo ninguém estava comigo.*

127. No texto-fonte: "padecesteis".

128. No texto-fonte: "fizesteis".

129. No texto-fonte: "passasteis".

130. No texto-fonte: "fizesteis".

131. *tornando-se insensíveis os homens.*

132. *como um saco de couro.* (No texto-fonte: "silicinus".)

133. *A lua se converterá em sangue.*

134. *então aparecerá o sinal do filho do homem.*
135. Entenda-se: "às maiores culpas não se segue infalivelmente a condenação". Na frase seguinte, a sintaxe está conforme ao uso atual.
136. Verbo que, embora não dicionarizado, parece-nos ter um sentido bem claro.
137. O padre Antônio de Sá empregou esse mesmo argumento no *Sermão do dia de cinza*, publicado em 1669.
138. *Da planta do pé até a cabeça, nada nele ficou a salvo.*

Prática VI – E Última do Título de Homem

139. *O cordeiro que foi imolado.*
140. *Leão da tribo de Judá.*
141. *Eis que o leão se erguerá.* (No texto: *"as endet".*)
142. *Eis o cordeiro de Deus.*
143. *O verbo se fez carne.*
144. *Cheio de graça e verdade.*
145. *O Espírito Santo sobrevirá em ti.*
146. No texto-fonte: "tambem". J. J. Nunes comenta que seria preferível *tam bem*, na grafia da época.
147. No texto-fonte: "extasis".
148. O mesmo que "paroxismos".
149. *Ele não tinha beleza, nem elegância.*
150. *Meu Senhor e meu Deus.*
151. *Quão elegante és para mim nesta posição de elegância.*
152. *Quanto mais vilipendiado, tanto mais por mim amado.*
153. *Então verão o filho do homem.*
154. *Aquele que o reconciliou com o pai também o matou.*
155. *Os outros animais, curvos, miram a terra, / Ao homem, dando olhar sublime, o céu mirar / Mandou e dirigi-lo, o porte ereto, aos astros.* (Ovídio, Metamorfoses, I, 84-6.)
156. *ergui os meus olhos.*
157. No texto-fonte: "dezoito mil, e cento, vinte, e cinco".
158. *O que mais eu devia fazer à minha vinha e não fiz.*
159. J. J. Nunes observa que, neste caso, o verbo "encontrar" significa *"vai contra, opõe-se*, etc.".

160. *A porta está fechada.*
161. Falta esta palavra no texto-fonte. Ela foi inserida com base na sugestão de J. J. Nunes, de que houve um lapso nesta passagem, faltando a palavra "Deus" para se contrapor a "homem".
162. *Surgiu a humanidade e benignidade do nosso Deus salvador.*
163. J. J. Nunes observa que se trata de metátese, vale por "estorvar-lhe".
164. *Não tenho homem.*
165. GLÓRIA A DEUS.

Posfácio

1. RABELO, Manuel Pereira,"Vida e morte do doutor Gregório de Mattos Guerra". In: *Obras de Gregorio de Mattos.* Rio de Janeiro: Officina Industrial Graphica, [1923-30], vol.1, p. 45.
2. MACHADO, Diogo Barbosa, *Bibliotheca Lusitana*, vol. 1.
3. Ibidem.
4. RABELO, M. P., op. cit., p. 49.
5. MACHADO, D. B., loc. cit.
6. RABELO, M. P., op. cit., p. 45.
7. CALMON, Pedro. *Historia da literatura bahiana.* Rio de Janeiro: J. Olympio, 1949, p. 30.
8. PONTES, Maria de Lurdes Belchior. *Frei António das Chagas. Um homem e um estilo do séc. XVII.* Lisboa: Centro de Estudos Filológicos, 1953, esp. pp. 287-91.
9. Esta descrição segue passo a passo a de Francisco Pacheco, em sua *Arte de la pintura,* de c. 1638 (ed. Bonaventura Bassegoda i Hugas. Madri: Cátedra, 1990, p. 642).
10. NUNES, José Joaquim. "Introdução". In: MATOS, Eusébio. *Ecce Homo.* Ed. Facsimilada. Rio de Janeiro: *Revista de Língua Portuguesa*, 1923. Col. Estante Clássica da *Revista de Língua Portuguesa.*
11. BARTHES, Roland. *Sade, Fourier, Loiola.* Lisboa: Edições 70, 1979, p. 64.
12. "Quanto às Imagens de Cristo, da Santíssima Virgem e de outros Santos, se devem ter e conservar especialmente nos templos e se lhes deve tributar a devida honra e veneração, não porque se creia que há nelas alguma divindade ou virtude pelas quais devam ser honradas [...], mas porque a veneração tributada às Imagens se refere aos protótipos que elas representam, de sorte que nas Imagens que osculamos, e diante das quais nos descobrimos e ajoelhamos, adoremos a Cristo e veneremos os Santos, representados nas Imagens." Sessão XXV, de 3 e 4/12/1563.

BIBLIOGRAFIA

BLAKE, Sacramento. *Dicionário bibliográfico brasileiro*, v. 2. Rio de Janeiro: Imprensa Nacional, 1893 [Edição fac-similar do Conselho Federal de Cultura, 7 v., 1976].
FERREIRA, Valéria Maria Pena. *Ecce Homo: Eusébio de Matos*. Belo Horizonte: Faculdade de Letras da UFMG, 1999. [Dissertação de Mestrado.]
FREIRE, Laudelino. *Clássicos brasileiros*. Rio de Janeiro: Revista de Língua Portuguesa, 1923.
GAMA, A. C. Chichorro da. *Breve dicionário de autores clássicos da literatura brasileira*. Rio de Janeiro: Revista de Língua Portuguesa, 1921.
LAPA, M. Rodrigues. *Estilística da língua portuguesa*. Rio de Janeiro: Acadêmica, 1965.
LUFT, Celso Pedro. *Dicionário de literatura portuguesa e brasileira*. 3ª ed. Rio de Janeiro: Globo, 1987.
MACHADO, Diogo Barbosa. *Biblioteca lusitana*. Lisboa, s.c.p., 4 v., 1930-35.
MATOS, Eusébio de. *Ecce Homo*. Rio de Janeiro: Revista de Língua Portuguesa, 1923.
_____. *Sermões*. Lisboa: Oficina de Miguel Deslandes, 1694.
_____. *Sermão do mandato*. Ed. José Américo Miranda e Maria Cecília Boechat. Belo Horizonte: Faculdade de Letras da UFMG, 1999.
MOISÉS, Massaud. *Dicionário de termos literários*. 5ª ed. São Paulo: Cultrix, 1988.
NUNES, J. J. Anotações. In: MATOS, Eusébio de, 1923, pp. 77-108.
SÁ, Antônio de. *Sermão do dia de cinza*. Lisboa: Oficina de João da Costa, 1669.

SILVA, Inocêncio Francisco da. *Dicionário bibliográfico português*. Lisboa: Imprensa Nacional, 1859.

SILVA, J. M. Pereira da. *Os varões ilustres do Brasil nos tempos coloniais*. 2 v. 3ª ed. Rio de Janeiro: B. L. Garnier, 1868.

VIEIRA, Antônio. *Sermões*. 15 v. Porto: Lello & Irmão, 1959.

Este livro, composto na fonte Fairfield
e paginado pela Negrito Produção Editorial,
foi impresso em pólen bold 90g na Vida e Consciência.
São Paulo, Brasil, no outono de 2007.